I0735269

À FEU DOUX

Au Cœur des Flammes

J.H. CROIX

Ce livre est fictionnel. Tous noms, personnages, entreprises, lieux, évènements et incidents sont un produit de l'imagination de l'auteur ou utilisés dans un cadre fictif. Toute ressemblance à des personnes réelles, vivantes ou mortes, ou à des évènements réels est fortuite.

Copyright © 2022 J.H. Croix

Tous droits réservés.

Traduction française : Cecile Durel

Couverture par Cormar Covers

Il est interdit de reproduire ce livre ou tout extrait de ce livre que ce soit de manière électronique ou physique. Ceci inclus le stockage ou la récupération d'informations sans permission écrite de l'auteur, sauf dans le cas d'un court extrait pour une critique littéraire.

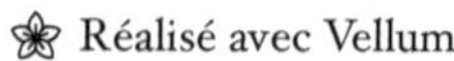 Réalisé avec Vellum

Chapitre Un

JESSE

— Est-ce que vous venez de me dire d'aller me faire voir? demanda la docteure Lane sans même lever les yeux de sa petite tablette électronique.

À croire que je n'avais pas su garder mes pensées pour moi. La docteure Lane leva enfin les yeux tout en repoussant ses lunettes qui avaient glissé sur le bout de son nez.

—Je crois, dis-je enfin avec un petit sourire timide. Je n'arrive pas à croire que vous m'obligiez à attendre deux semaines de plus avant de m'autoriser à reprendre le boulot.

Elle inclina la tête sur le côté en restant assise sur son tabouret à roulettes près d'un petit comptoir. Ses yeux gris examinèrent mon visage et je me demandai ce qu'elle pouvait bien penser. Elle était toujours tellement tendue.

J'étais chez le médecin pour un suivi après des problèmes de tendon dans l'épaule. Je m'étais déboîté l'épaule quelques mois plus tôt et je ne m'étais peut-être pas arrêté assez longtemps. Peut-être! La docteure Lane était la nouvelle docteure de Willow Brook.

J'avais l'habitude de voir le docteur Johnson, ou plutôt Doc, c'était comme ça que je l'appelais. C'était un vieillard acariâtre, mais en aucun cas tendu.

Je m'étirai l'épaule en me disant que la docteure Lane pourrait se détendre un peu. Bon sang, même ses cheveux étaient tout serrés en un petit chignon. Je n'avais aucune idée du corps qu'elle avait sous la blouse blanche qu'elle portait toujours. J'étais presque certain qu'elle avait un corps à tomber par terre, du moins c'était ce que ma bite pensait. Chaque fois que je la voyais, je me tendais de partout.

Je fis rouler mon épaule blessée en ignorant le petit pic de douleur.

— Helen a dit que ça allait et que je pourrais enfin être prêt à reprendre le terrain, expliquai-je en faisant référence à ma kiné.

La docteure Lane était bien moins chaleureuse et amicale qu'Helen. Ma kiné avait la bienveillance d'une mamie et me faisait me sentir bien dès que je la voyais. Contrairement à la docteure Lane qui m'énervait. Si seulement elle m'autorisait à reprendre le boulot pleinement, je pourrais peut-être enfin me détendre.

La docteure Lane ajusta ses lunettes une fois de plus en tournant un peu la tête alors qu'elle posait sa tablette sur le comptoir. Alors qu'elle se tournait, je remarquai pour la première fois qu'elle avait une mèche de cheveux violette. Je ne savais pas quoi penser de ça.

Avant que j'aie le temps de réfléchir trop long-temps à ce que cette mèche de cheveux voulait dire, elle prit la parole.

— Je pourrais vous autoriser à reprendre le travail, mais honnêtement, vous vous êtes blessé le tendon parce que vous n'avez pas été assez patient la dernière fois. Si vous attendez juste un peu plus longtemps, vous n'aurez plus ce problème. Je sais que ce que je dis vous énerve mais c'est votre bien qui m'importe.

Je me retiens d'être grossier une nouvelle fois. Elle m'agaçait mais je n'étais pas le genre de connard qui disait à une femme d'aller se faire foutre. Je pris une autre grande respiration et passai ma main dans mes cheveux avant d'expirer en soupirant. J'étais agacé, mais je n'étais pas bête.

— Très bien. Je comprends ce que vous voulez dire. Helen a dit la même chose. Elle était juste plus facile à convaincre que vous, dis-je avec un sourire.

Je ne savais pas pourquoi, mais cette mèche de cheveux me détendait. J'imaginais que c'était l'indice dont j'avais besoin pour me dire que la docteure Lane n'était pas aussi collet monté que ce qu'elle avait l'air. Ses lèvres tremblèrent mais elle ne dit rien. Il y avait quelque chose chez elle qui me donnait envie de l'embêter. Vraiment.

À part pendant des jours comme celui-ci, les seuls moments où je la voyais étaient après une garde, quand j'étais couvert de suie et de sueur après avoir géré un incendie. C'était peut-être ce qui me dérangeait le plus, le contraste de son allure toujours propre sur elle comparée à la mienne. J'étais un pompier formé aux milieux naturels, donc quand elle me voyait après une journée de travail, j'étais tout sauf propre. Ça m'agaçait plus que tout de devoir m'occuper de blessures.

— Donc vous voulez bien attendre deux semaines de plus? demanda-t-elle.

Je haussai les épaules, je sentis un petit pic de douleur me traverser, ce qui aurait dû me suffire à me dire qu'attendre était la bonne chose à faire. Je m'ennuyais d'être privé de terrain. Je pouvais toujours travailler. Il y avait plein de choses à faire, mais je me retrouvais collé aux tâches légères alors que je préférais pouvoir me perdre dans le boulot. J'adorais mon travail de pompier. J'adorais les tâches difficiles et les challenges physiques.

— Je m'en sortirai, dis-je enfin en descendant de la table d'examen.

Mais la docteure Lane se leva de son tabouret exactement au même moment. Quand je levai la tête, elle se tenait à un centimètre de moi.

L'air était électrique quand je me trouvais si proche d'elle. Elle sentait bon, j'y trouvai même une pointe de lavande. Ses yeux trouvèrent les miens alors qu'elle écarquillait les yeux. De si près, je remarquai que ses yeux gris contenaient une pointe de violet. Ses lèvres s'écartèrent légèrement alors qu'elle soufflait, attirant mes yeux vers sa bouche. Je n'avais jamais remarqué ses lèvres avant ce moment.

À l'instant, j'étais très conscient du fait qu'elles étaient pulpeuses et douces. Bon sang, j'avais envie de l'embrasser. Elle recula rapidement, ses hanches se heurtèrent contre le mur. Le dossier qu'elle tenait claqua contre le sol.

— Oh, merde! lâcha-t-elle en se penchant pour l'attraper.

Malheureusement, ou heureusement, selon le point de vue, je me penchai par réflexe exactement au même moment. Nos mains se frôlèrent et un éclair traversa tout mon bras. Sa tête s'écrasa contre mon épaule.

Quand elle se releva, ses joues étaient rougies. Si je pensais vouloir l'embrasser une minute plus tôt, maintenant c'était presque un besoin irrésistible. Je muselai cette envie.

Et la docteure Lane, toujours propre sur elle d'habitude, avait l'air gênée et perturbée. Pour la première fois depuis que je la connaissais, elle ne m'agaçait pas. Elle semblait enfin humaine.

— Donc ça vous arrive de dire des gros mots, dis-je avec un clin d'œil.

Elle rougit encore plus.

— Évidemment que ça m'arrive, marmonna-t-elle.

C'était presque comme si je la voyais remettre son masque. Elle se redressa, passa une main sur ses cheveux pour les lisser puis ajusta ses lunettes. Je commençais à me dire que c'était un tic nerveux. J'aurais donné n'importe quoi pour qu'elle se détache les cheveux.

Mes mots dépassèrent mes pensées.

— Est-ce que je vous mets mal à l'aise?

Classe mec. Ça va carrément l'aider à se détendre ça.

Je me retins de lever les yeux au ciel à mes propres pensées.

La docteure Lane sembla surprise par ma question. Elle réajusta ses lunettes une fois de plus en regardant le dossier que je tenais encore. Je le lui tendis et elle le colla contre sa poitrine.

— Je ne dirais pas que mal à l'aise est le bon mot, dit-elle enfin. Vous avez l'air en colère dès que vous venez ici, et j'en suis désolée.

Sa réponse me prit par surprise.

— Oh.

Pendant un instant, je manquai de nier le fait que j'avais été agacé à chacune de mes visites. Mais bon! C'était la vérité. Jusqu'à maintenant.

Je haussai les épaules.

— Je suis désolé. Ce n'est pas de votre faute. Je n'aime pas être blessé.

Elle sourit et me coupa le souffle.

Alors que ses yeux se levaient dans les coins et que ses lèvres se courbaient, ses traits sévères s'apaisèrent.

— Je crois que personne n'aime se blesser. Et vous

avez un boulot exigeant, j'imagine que c'est dur de s'arrêter.

— On peut dire ça comme ça, dis-je ironiquement en retenant la réponse folle de mon corps.

Il fallait que je sorte de cette petite pièce parce que son odeur me montait à la tête et me rendait fou. Alors que je réfléchissais à ce que je pouvais dire pour partir rapidement, quelqu'un frappa à la porte.

Chapitre Deux

CHARLIE

Je fixai les yeux de Jesse Franklin alors que de petits éclairs vibraient en moi après lui être rentrée dedans. Mes joues étaient chaudes, et j'étais perturbée. Mais j'étais perturbée à chaque fois que je voyais Jesse Franklin. Son regard tint le mien, ses yeux étaient d'un vert riche. Je n'avais jamais vu un homme avec des yeux pareils. Et ses cheveux ambrés sombres qui rebondissaient en bouclettes, son corps musclé, ses traits robustes – une mâchoire définie, un grand nez et des pommettes tranchantes – eh bien, tout ça le rendait si beau que c'en était énervant.

Ses cils étaient si épais qu'ils formaient presque une boucle à lui en toucher la joue. Ce n'était pas vraiment juste qu'un homme puisse avoir des cils comme ça. Jesse Franklin avait été gâté par la nature niveau beauté. Sa bouche suivait une courbe sensuelle, qui suscitait toujours en moi des pensées obscènes. C'était un patient bon sang. Il n'était venu me voir que pour son épaule. Mais quand même.

Je serrai le dossier contre ma poitrine comme si ça pouvait me protéger de la chaleur qui parcourait mon corps. Pour la première fois depuis que je le connaissais, il n'avait pas l'air en colère contre moi. Alors que j'essayais de rassembler mes pensées éparpillées pour revenir à un sujet cohérent, quelqu'un frappa à la porte. Dieu merci. Mon corps était coincé, j'étais incapable de bouger à environ un centimètre de Jesse. Sa présence était d'une telle puissance qu'elle me rendait un peu folle.

Je reculai, manquant de faire tomber mon dossier une fois de plus. J'allai rapidement ouvrir la porte et tombai nez à nez avec Rachel, mon assistante médicale. Elle sourit en jetant un œil à la situation.

— Madame Stan demande à vous voir.

Je la fixai du regard et ses yeux bleus ne suffirent pas à calmer la vague d'anxiété qui monta en moi. Madame Stan était un nom de code pour un problème personnel qui commençait à prendre beaucoup trop de place dans ma vie, ces temps-ci. Mon inquiétude noya mes pensées. Je me dépêchai de sortir puis m'arrêtai abruptement quand Jesse m'appela.

— Est-ce qu'il faut que je prenne un autre rendez-vous? demanda-t-il.

Perturbée, je me tournai vers lui en ajustant mes lunettes et en essayant de ne pas paraître trop inquiète.

— Bien sûr. Pardon de devoir partir si vite. J'ai une petite urgence. Sandy, à la réception, vous donnera un rendez-vous de suivi. En attendant, continuez à aller voir Helen et je suis certaine que dans deux semaines, je pourrai vous autoriser à reprendre le travail.

Jesse soutint mon regard un instant et une fois de plus, je me retrouvai remplie de chaleur. Dans de telles conditions, je n'arrivais pas à croire que mon corps réagisse comme ça. Ces derniers temps, ma vie avait été tout sauf sujette au désir et à la romance. J'avais même rangé ces idées bien loin dans ma tête.

Je commençai à traverser le couloir et Jesse marchait à mes côtés, il n'eut aucun mal à me rattraper avec ses longues enjambées. J'étais trop éreintée pour faire la conversation, et j'entrai dans mon bureau privé dès que j'y arrivai.

— À dans deux semaines, dis-je rapidement avant de disparaître derrière ma porte fermée.

En me laissant tomber contre le mur avec un soupir, je pris plusieurs longues respirations pour ralentir mon rythme cardiaque. Je n'arrivais pas à me détendre, cependant. Je me dépêchai d'aller m'installer à mon bureau et d'attraper mon téléphone portable avant d'appeler l'un des numéros dans mes favoris.

Ma mère répondit à la première sonnerie.

— Où es-tu? Ton père n'est pas encore rentré et la maison a une allure bizarre. On dirait que ce n'est pas la maison.

La morsure du deuil m'atterra. Je pris une inspiration lente et ravalai mes larmes.

— Hé maman, je rentre dans pas longtemps, d'accord?

— Où est ton père? contra-t-elle d'une voix confuse.

— Il ne sera pas là ce soir, dis-je d'un ton final.

J'écourtai ses quelques questions et j'y répondis avec mes réponses détournées habituelles, en essayant de garder un ton calme pour ne pas l'inquiéter. Après avoir raccroché, quelqu'un frappa à ma porte.

— Entre, appelai-je.

Rachel passa la porte et la referma derrière elle.

— Tout va bien avec ta mère?

Je levai les yeux vers son regard chaleureux. J'avais

envie de fondre en larmes mais ce n'était vraiment pas le bon moment.

— Elle va bien. J'aimerais bien qu'elle se souvienne du fait que mon père est mort.

Mon cœur se serra à nouveau, plein d'une douleur endeuillée.

Les yeux de Rachel observèrent mon visage mais je gardai mon calme et pris une grande inspiration. J'étais capable de gérer ça. J'attrapai ma tasse de café sur mon bureau et pris une gorgée du breuvage froid depuis longtemps, l'amertume me donna de la force.

— Hé, au moins Jesse Franklin n'était pas trop ronchon avec moi aujourd'hui, dis-je avec un petit rire.

Rachel sourit d'un air amusé.

—J'ai remarqué.

Elle fit une pause en penchant la tête, une étincelle dans les yeux.

—Je crois qu'il t'aime bien.

— Hein? demandai-je en enfilant mon manteau et en attrapant mon sac à main.

— Tu as très bien entendu. Il a regardé ton cul tout du long quand tu t'éloignais dans le couloir.

Un éclair de chaleur me traversa mais je l'ignorai.

— Euh, je crois que tu es folle. Il y a zéro chance que Jesse Franklin ait regardé mon cul.

— Oh si, contra Rachel avec un sourire en coin. J'en suis certaine.

— Et alors? C'est mon patient et en plus je n'ai en aucun cas le temps pour une romance.

Rachel leva les yeux au ciel.

— Tu sais que le docteur Johnson a rencontré sa femme à la clinique, non? On vit au milieu de nulle part, et tu n'as traité Jesse que pour une épaule déboî-tée. Ça compte pas.

J'arrivai à côté d'elle et posai ma main sur la poignée de porte.

— J'ai une nièce et une mère dont je dois m'occuper, et c'est toute ma vie.

J'ouvris la porte et la dépassai. Elle m'appela alors que je m'éloignais.

— Ouais, eh bah peut-être que ça te ferait du bien d'élargir tes horizons.

Je ne répondis pas parce que je n'en étais pas capable. Je ne voulais pas être malpolie, mais il fallait que je parte, sinon les larmes qui montaient au fond de mes yeux et l'émotion qui s'emparait de ma gorge prendraient le dessus. En me dépêchant de traverser le couloir, je fis la liste des choses que je devais acheter au supermarché avant de rentrer le plus vite possible.

Jesse Franklin, qu'il ait regardé mon cul ou non, n'était pas un homme à qui je pouvais penser. J'avais à peine le temps de fantasmer. Sans parler du fait que s'il apprenait quoi que ce soit sur ma vie, il partirait en courant. Comme n'importe quel homme sain d'esprit.

Chapitre Trois

JESSE

Une semaine entière s'était écoulée depuis mon dernier rendez-vous avec la délicieuse docteure Lane. Merde. J'avais pas mal pensé à elle, c'est le moins que l'on puisse dire. Elle n'avait eu qu'à baisser sa garde quelques secondes pour que je m'enflamme. J'étais étrangement pressé d'avoir mon prochain rendez-vous chez le médecin. J'étais toujours impatient de pouvoir reprendre le travail parce que je m'ennuyais comme un rat mort.

En même temps, cet après-midi-là, mon chien s'énervait sous les fenêtres en pleurnichant et en aboyant de temps en temps, le regard fixé sur les arbres à côté de ma maison. Waffle était une chienne bâtarde, même si le véto était presque certain que c'était une chienne de chasse. Elle avait des oreilles tombantes avec une fourrure soyeuse noire et caramel. La dernière fois que je l'avais vue dans cet état, j'avais trouvé des campeurs au fond de ma propriété. L'ambiance nature de l'Alaska ne me dérangeait pas, mais ça ne voulait pas dire que j'étais d'accord pour qu'on entre sur mon terrain sans ma permission.

J'emmenai Waffle vers les arbres, bravant la neige fondue. Je savais que je n'aurais pas à chercher longtemps et qu'elle me mènerait directement vers la source du bruit qui l'énervait tant. Quelques minutes plus tard, j'arrivai à la limite arrière de ma propriété. Je regardai Waffle renifler des traces de pas qui allaient de mon terrain au terrain d'à côté.

Confus, je la suivis, en observant les traces perdues. Ce n'était pas ce à quoi je m'attendais. Je m'attendais à des traces de bottes de campeur, et bien plus grandes que ça. Ces empreintes étaient petites, à peine plus grandes que ma main. Elles étaient assez petites pour que je me demande s'il y avait un môme qui se baladait. Quelques minutes plus tard, j'entendis Waffle ralentir à travers les arbres.

Des pies chantaient dans la forêt qui nous entourait et des écureuils faisaient du bruit dans les branches, clairement dérangés par notre présence. Je levai les yeux et je ne pus retenir un son de surprise. Une vieille femme habillée d'une jupe volante et d'un chemisier regardait Waffle de haut et lui caressait le dos. Elle se tenait sur une petite butée qui donnait sur la vallée, au loin.

Cette partie de l'Alaska était un mix composé majoritairement d'épicéas, avec un peu de boulots et de peupliers. Willow Brook était au pied de la Chaîne de l'Alaska, qui comportait beaucoup de vallées et des ouvertures dans les arbres. Cette section de terre était la propriété de Claire Parker, qui avait quitté l'État des années plus tôt et louait sa maison. Je ne savais pas qui la louait en ce moment.

Je m'approchai de la femme, complètement confus par sa présence dans ces bois. Elle n'était clairement pas habillée pour la météo. C'était le début du printemps, techniquement, ce qui ne voulait pas dire grand-chose. Il y avait encore de la neige au sol et l'hiver prenait son temps pour s'effacer, la morsure du froid encore bien marquée. Une jupe et un chemisier ne la protégeraient en aucun cas d'une hypothermie si elle restait dehors trop longtemps. Elle était complètement perdue, à caresser Waffle et à lui parler doucement.

— Bonjour? appelai-je alors que je m'approchai.

Elle se tourna vers moi avec un gentil sourire sur le visage.

— Bonjour, répondit-elle comme s'il était parfaitement normal d'être au milieu de la forêt à cette époque de l'année en tennis et en tenue de soirée.

Son visage était ridé et fatigué. Elle était plutôt charmante avec ses longs cheveux noirs parsemés de gris, retenus en arrière par une barrette au sommet de sa tête. Ses yeux étaient larges et gris avec une pointe de violet. Elle me rappelait quelqu'un mais je n'arrivais pas à mettre le doigt dessus.

— Je cherche Danny, dit-elle comme si j'étais censé savoir de qui elle parlait.

Je ne connaissais personne sous ce nom. Elle semblait confuse et il était évident qu'elle ne se rendait en aucun cas compte du fait que si elle passait trop de temps dehors dans cette tenue, elle risquait une hypothermie. Je décidai d'être aussi amical qu'elle et de la raccompagner jusqu'à chez moi pour l'emmener à l'hôpital. Appeler la caserne tout de suite ne l'amènerait pas à l'hôpital plus vite. Il y avait au moins un kilomètre à faire jusqu'à chez moi.

— Eh bien, je ne sais pas où est Danny, mais je m'appelle Jesse. Et si vous veniez avec moi, je pourrais peut-être vous aider à le trouver?

Elle sembla aimer cette idée et sourit largement.

— D'accord, dit-elle en caressant le dos de Waffle encore une fois.

Elle marcha à mes côtés alors que nous traversions les bois. Waffle semblait aussi inquiète pour elle que moi, elle restait proche d'elle alors que nous avancions lentement sur la neige fondue. Je retirai mon manteau pour le passer sur ses épaules quand je la vis frissonner.

— Je ne crois pas vous avoir déjà rencontrée, dis-je d'un ton naturel.

— Ah bon? répondit-elle comme si ça la surprenait. Je viens du coin. Juste au bout de la rue. Charlie, Emily, Danny et moi.

— Je n'ai pas demandé votre nom, répondis-je en espérant qu'elle me le donnerait.

Elle trébucha légèrement sur une branche et je la stabilisai avec ma main.

— Oh, je m'appelle Olive. Vous connaissez Charlie?

— Je n'en suis pas certain, proposai-je en réfléchissant aux Charlie du coin.

Même si la tenue d'Olive n'avait aucun sens vu la météo, elle avait de bonnes chaussures. Ça ne la protégerait pas de l'humidité et ça ne lui tiendrait pas chaud si elle restait dehors plus longtemps, mais elles étaient très bien pour marcher. En peu de temps, nous nous retrouvâmes chez moi. Une fois dans ma voiture, j'appelai l'opératrice de la caserne, Maisie, pour lui dire que j'emmenais Olive à l'hôpital. Je m'inquiétais pour elle et j'étais presque certain qu'elle était complètement perdue.

Dès que j'expliquai tout, Maisie soupira.

— Oh Dieu soit loué. Je ne savais même pas que tu travaillais aujourd'hui.

— Je ne travaille pas, mais Waffle voulait sortir et

elle s'énervait donc je l'ai suivie. On l'a trouvée au fond de mon terrain. Qu'est-ce qu'il se passe?

Maisie commença à répondre mais elle reçut un autre appel.

— Je dois y aller. Je te rappelle quand je peux.

J'arrivai à l'hôpital et Holly Blake était l'infirmière de garde qui nous retrouva aux urgences. Ce qui était un soulagement. Je connaissais Holly depuis des années et on pouvait toujours compter sur elle. Ses cheveux blonds étaient retenus dans une queue de cheval et ses yeux marron se plissèrent dans les coins quand elle sourit en me voyant. Elle sembla reconnaître Olive. Avant que j'aie le temps de poser des questions, elle nous entraîna dans une salle d'examen et installa Olive dans une chaise.

— Je vais appeler Charlie dans un instant, dit-elle à Olive.

En attrapant mon regard, elle me fit signe de la suivre dans le couloir.

Une fois sortis dans la pièce, elle se mit à parler mais nous fûmes interrompus par la docteure Lane, les yeux écarquillés et les joues rouges. Elle traversait le couloir à toute vitesse avant de s'arrêter devant nous.

— Dites-moi qu'elle va bien s'il vous plaît.

Holly hocha rapidement la tête.

— Elle va bien, Charlie. Entre, dit-elle en lui montrant la porte.

Tout commençait à faire sens. C'était la Charlie dont Olive parlait. Que se passait il?

La docteure Lane ne me dit même pas bonjour, elle me jeta un regard puis entra dans la chambre.

— C'est qui? demandai-je à Holly dès que la docteure Lane eut fermé la porte derrière elle.

— C'est la mère de Charlie. Elle est sénile et elle se perd parfois.

Alors que je fixais Holly en imaginant ce que ça voulait dire au quotidien, un regard triste traversa son visage.

— Je ne peux même pas imaginer ce que c'est. Ça arrive de plus en plus souvent ces temps-ci. Où l'as-tu trouvée?

— Waffle tournait en rond, à pleurer et aboyer, donc je me suis dit qu'il devait y avoir des randonneurs sur mon terrain. Je suis allé vers le fond pour voir, et c'est elle que j'ai trouvée. Elle demandait où était Danny.

Holly acquiesça comme si c'était parfaitement logique.

— Ouais, ils vivent juste à côté de chez toi, dans l'ancienne maison de Claire. Danny était le mari d'Olive, mais elle oublie qu'il est mort il y a quelques années. Bref, on est vraiment soulagés que tu l'aies trouvée.

Le biper d'Holly sonna.

— Je dois y aller. Si Charlie sort, dis-lui qu'un autre infirmier arrive bientôt.

Elle partit rapidement en me faisant un petit signe de main. Un autre infirmier s'approcha et entra dans la chambre.

Ça aurait été le moment logique pour partir. Je n'avais aucune raison de rester plus longtemps. Mais ça ne me paraissait pas encore normal de partir. L'infirmier sortit un instant plus tard avec Olive en fauteuil roulant. Olive me sourit chaleureusement et me fit coucou alors qu'elle passait. L'infirmier me lança un sourire distrait alors qu'il parlait à Olive.

— On va juste vérifier deux ou trois petites choses.

Je restai dans le couloir en me demandant si la docteure Lane allait bien. Je m'étais presque convaincu de partir quand je l'entendis pleurer. Je frappai doucement à la porte et entrai sans même réfléchir. La docteure Lane était appuyée contre la table d'examen au centre de la pièce, les mains sur le visage alors qu'elle prenait une inspiration tremblante.

Elle ne m'avait visiblement pas entendu frapper ou entrer dans la pièce.

— Ça va?

Son souffle sursauta alors qu'elle levait la tête. Ses yeux gris étaient grands ouverts, ses joues rougies et humides de larmes. Elle essuya rapidement ses larmes avec son pouce avant de se reprendre.

— Merci de l'avoir trouvée. Ça faisait plus d'une heure qu'elle avait disparu, et j'étais très inquiète.

— C'était un peu par accident. Je ne travaille même pas aujourd'hui, et je ne savais pas que vous aviez appelé la caserne. Elle s'était perdue vers la limite de mon terrain. Mon chien était dans tous ses états. Honnêtement, j'ai cru que c'était un randonneur sur mon terrain sans autorisation, donc j'y suis allé pour voir. C'est comme ça que je l'ai trouvée. J'aimerais juste vous dire de rien, mais c'est Waffle qu'il faut remercier, pas moi.

— Waffle? demanda-t-elle avec un petit sourire au coin des lèvres.

Je voulais vraiment la voir sourire. Je n'aimais pas la voir comme ça. La docteure Lane que je connaissais, des deux fois où je l'avais vue, était posée et concentrée. Ça me tordait le cœur de la voir si inquiète.

— Mon chien, expliquai-je.

Je restai là, les mains enfouies dans les poches avec l'envie folle de la prendre dans mes bras. Parce qu'elle avait l'air triste et inquiète, bien loin de la docteure propre sur elle et coincée dont j'avais l'habitude. Elle ne portait pas sa blouse médicale. Elle portait un legging et un t-shirt ajusté. Ses cheveux étaient détachés, bien loin de leur chignon serré habituel, et tombaient librement comme si elle les avait tripotés avec ses mains. Ils tombaient en cascade sur ses épaules, la mèche violette que j'avais remarquée se démarquait parmi ses mèches noires.

Même si ce n'était ni le lieu ni le moment, mon corps avait une opinion propre sur son allure. Son t-shirt était serré sur ses seins. Je n'aurais jamais pu imaginer qu'elle avait des courbes comme ça sous sa blouse blanche. Mais ses courbes n'en finissaient pas.

Je me secouai violemment pour mettre fin à ces pensées déplacées.

— Docteure Lane... commençai-je.

Elle secoua la tête.

— Pas besoin de m'appeler comme ça, tu peux m'appeler Charlie. C'est comme ça que tout le monde m'appelle de toute façon.

— Ah, donc il a fallu que je trouve ta mère pour avoir ce privilège? demandai-je avec un sourire prudent.

Elle leva les yeux au ciel.

— Non, ce n'est pas ça. Tu es juste toujours de mauvaise humeur quand tu viens me voir, donc je n'ai jamais eu l'occasion. Neil dit toujours qu'il ne se fait jamais appeler Docteur Johnson parce que la ville est trop petite.

— C'est vrai, certains d'entre nous l'appellent Doc, mais le reste l'appelle Neil. Je suis désolé pour ta mère. La prochaine fois qu'elle disparaît, appelle-moi en premier, je suis le plus proche. Enfin, à un kilomètre de là, mais quand même. Et Waffle peut m'aider à la trouver assez rapidement. Je ne dis pas qu'il ne faut pas appeler les pompiers, je dis juste que je peux facilement aider.

Charlie hocha la tête en passant sa manche sur son visage.

— Il faut que je trouve quelqu'un pour s'occuper d'elle la journée, mais elle se met en colère dès que j'en parle.

— Elle a dit qu'elle vivait ici depuis des années, mais ça ne me paraît pas cohérent. Je veux dire, tu viens d'emménager ici il n'y a pas longtemps, n'est-ce pas?

Les lèvres de Charlie se courbèrent pour former un sourire fatigué.

— Mes parents vivaient ici, il y a très longtemps. Je suis née pas loin, d'ailleurs. Mon père était posté à la base militaire d'aviation d'Elmendorf, en périphérie d'Anchorage. Puis, il a été muté, mais l'Alaska leur a toujours manqué et ils voulaient revenir. Tu sais comment c'est. Ils voulaient le faire, mais ce n'est jamais arrivé. Quand mon père est mort, je me suis dit que ça lui plairait peut-être, puisqu'elle en parlait tellement.

— C'est logique, répondis-je.

Charlie haussa les épaules avec une respiration tremblante. Son regard se détacha du mien et elle se retourna pour attraper un mouchoir sur le comptoir. Elle se moucha rapidement avant de prendre un autre mouchoir pour s'essuyer les yeux.

— Tu dois penser que je suis stupide, marmonna-t-elle. À pleurer, à déménager jusqu'ici juste parce que ça manquait à ma mère.

— Pas du tout, dis-je, en le pensant vraiment. Pourquoi est-ce que je penserais ça?

— Quand on est arrivées ici, ma mère n'était pas dans un état aussi grave. Mais ça s'est rapidement dégradé. Je ne me suis pas vraiment posé la question de ce que ça ferait de vivre à côté des bois, ou qu'elle pourrait se perdre. Ce serait mieux s'il y avait plus de gens.

Je la regardai pendant un moment sans trop savoir quoi dire, puis je me dis qu'il valait mieux être honnête avec elle.

— Je ne sais pas. Si tu vivais dans un coin plus peuplé, elle pourrait se perdre en ville. Au moins ici, quand tout le monde la connaîtra, les gens sauront ce qu'il faut faire s'ils la voient. En plus, maintenant que je sais que je suis ton voisin, je veux aller m'assurer qu'elle va bien quand je suis là. Ça ne me coûte rien. J'emmènerai Waffle la voir aussi.

Charlie me regarda puis explosa de rire. De nouvelles larmes coulaient sur ses joues quand elle eut fini de rire. Une fois de plus, je résistai à l'envie de la prendre dans mes bras.

— Qu'est-ce qu'il y a de si drôle?

Elle prit une bouffée d'air puis haussa les épaules.

— Que ton chien vienne la voir. Je sais pas. Ça m'a fait rire.

— Je comprends, mais sans Waffle, je ne l'aurais peut-être pas trouvée aujourd'hui. Si elle apprend à connaître ta mère, elle la trouvera plus facilement à chaque fois. C'est un chien de chasse, en partie, et crois-moi, elle suit son nez.

Les yeux gris de Charlie examinèrent mon visage, un petit sourire sur les lèvres.

— J'imagine que ce n'est pas bête dans ce cas.

On se regarda dans les yeux un moment, la pièce tomba dans le silence. Je ne savais pas quoi dire d'autre. Sa mère allait bien, et je devais partir. Il n'y avait aucune raison de rester plus longtemps. Et pourtant, je voulais rester. Enfin, ce que je voulais surtout, c'était l'embrasser. Mais c'était complètement déplacé et à moitié fou, et je le savais très bien.

Je commençais tout juste à me détourner quand Charlie bougea. La pièce était petite. Son téléphone sonna. Elle sortit son téléphone de sa poche pour jeter un œil à l'écran.

— Je dois répondre, si ça ne te dérange pas.

— Bien sûr, oui. Je vais...

— Non, ne pars pas, dit-elle.

Sans même réfléchir, j'acquiesçai et attendis.

— Eh Emily, qu'est-ce qu'il y a?

Charlie écouta en hochant la tête.

— Je suis à l'hôpital avec grand-mère. On rentre dans pas longtemps. Je peux passer prendre une pizza.

En voyant Charlie froncer les sourcils, je ne pus que supposer que la réponse d'Emily était sans doute tout sauf amicale et je remarquai que Charlie serra fort son téléphone en parlant. J'étais de plus en plus curieux à son sujet. Rien de ce que je découvrais ne rentrait dans l'image que j'avais d'elle. Mais je ne savais pas vraiment à quoi je m'attendais.

Quand Charlie raccrocha, son regard retint le mien.

— Ma nièce. Elle vit avec nous. Elle a quinze ans et elle me déteste certains jours, expliqua-t-elle avec un soupir.

J'aurais dû entendre la sonnette d'alarme dans mon esprit. Bon sang, elle avait une mère quasi-sénile et apparemment une nièce ado qui la détestait. Je ne savais pas ce qui me prenait. Mais je ne pouvais pas arrêter de la regarder. Ses magnifiques yeux gris, cette mèche violette joueuse. Quand elle ne portait pas sa blouse ou n'avait pas son air coincé, oh, bordel. Elle portait toujours ses lunettes, mais ses cheveux détachés adoucissaient ses traits.

Alors qu'elle me regardait, la pièce se réchauffa et mon corps se tendit. Je ne savais pas ce qui m'affectait autant chez elle. Je n'entendais rien et ne pensais à rien. Mon esprit était entièrement concentré sur elle, la courbe subtile de ses sourcils, l'angle de ses pommettes et ses lèvres pulpeuses qui détonnaient du reste de ses traits anguleux.

Ses grands yeux gris me fixaient, et s'assombrissaient comme un ciel d'été avant une tempête. L'air vibrait. Avant que je puisse y réfléchir — même si, soyons honnête, je ne cherchais pas à réfléchir — je m'avançai vers elle. Au même moment, elle fit un pas vers moi pour que nous soyons l'un face à l'autre. Je levai la main pour passer mes doigts dans ses cheveux doux. Je voyais son pouls battre dans son cou. Ses joues étaient roses, ses lèvres ouvertes et avant de m'en rendre compte, je descendais ma main à travers ses cheveux.

Je posai ma main dans le creux de son cou et penchai la tête en avant pour effleurer ses lèvres. Un petit son s'échappa de sa gorge, entre le murmure et le gémissement. De sa part, c'était comme de l'huile sur le feu de mon désir. Je passai ma langue sur le bord de ses lèvres. Sa bouche s'ouvrit en un gémissement. Elle avait un goût divin, douce avec une pointe de menthe, et une bouche chaude et accueillante. Docteure Lane, pourtant coincée, pardon, Charlie, gémit dans ma bouche.

Bordel. Elle embrassait tellement bien, comme dans un rêve, sa langue s'emmêlant sensuellement avec la mienne, sa main s'approchant pour attraper mes cheveux. J'oubliai tout à part son corps contre le mien, sa bouche sous la mienne et ces courbes riches dont j'ignorais l'existence pressées contre moi.

Un coup à la porte me sortit de ma transe. Je brisai

le baiser en regardant ses yeux gris, sombres et traversés de lignes argentées.

— Oh, dit-elle en écarquillant les yeux.

Mais elle ne bougea pas et je ne voulais pas qu'elle bouge.

Chapitre Quatre

CHARLIE

En fixant les yeux de Jesse, j'essayais de reprendre mon souffle. J'essayais de réfléchir. Mais il était difficile de trouver une seule pensée. Je n'arrivais à me concentrer que sur la sensation de son corps contre le mien.

Il aurait pu être sculpté dans la pierre, ça aurait été pareil, un mur de muscles et de puissance. Et en ce moment, chaque centimètre de son corps était collé au mien. À un moment, pendant la folie de notre baiser, sa main avait caressé mon dos et avait attrapé mes fesses. J'avais eu le vertige et j'avais senti des papillons dans mon estomac.

Un désir profond me poignardait, une chaleur et un besoin traversaient mes veines. Un nouveau coup à la porte me secoua, brisant la transe et la folie dans laquelle mon esprit était emprisonné.

— Oh!

Je me forçai à m'éloigner. Et se forcer était le mot-clé, mon corps n'avait aucune envie de bouger. J'aurais pu rester ici pendant des jours avec la sensation du corps de Jesse contre le mien. Ce n'était pas seulement du désir, je me sentais englobée par sa force. Oh, sans parler de ce baiser sorti tout droit d'un rêve et complètement parfait. J'avais presque fondu au moment où ses lèvres avaient trouvé les miennes et que sa main avait caressé mes cheveux.

Ça me demandait beaucoup de volonté de m'éloigner de lui. Mon corps était attiré par le sien comme un aimant. Les yeux de Jesse restèrent collés aux miens, comme si j'étais un livre ouvert. Et pourtant, quand je croisai son regard, je n'y trouvai pas le jugement auquel je m'attendais.

Oh non. C'était quelque chose de complètement différent. La chaleur dans son regard me brûla et il y avait quelque chose qui brillait sous cette chaleur. Mon ventre retrouva ses papillons et mon cœur se serra.

Je me secouai et me retournai pour ouvrir la porte. C'était Holly Blake, une infirmière que j'aimais beaucoup. Je me voyais bien devenir amie avec elle, mais ma vie ne laissait pas beaucoup de place pour des amitiés, pas en ce moment.

— Comment va-t-elle? demandai-je.

Holly s'appuya contre le cadre de la porte en nous regardant tous les deux avec un sourire.

— Elle va bien. Elle est à l'accueil avec Penny. Tu sais qu'elle l'adore.

Je sentis un soulagement s'emparer de mes muscles.

— C'est vrai qu'elle l'adore. Merci Holly. Je vais y aller alors.

Holly regarda Jesse.

— On est contents que tu aies trouvé Olive.

Jesse haussa les épaules.

— C'était juste un coup de chance cette fois. Maintenant que je sais qu'elle est juste à côté, je ferai plus attention quand je serai à la maison. Et je vais emmener Waffle la voir.

Holly sourit d'un air amusé et fit un clin d'œil alors que son bipper sonnait.

— Je dois y aller. À bientôt, dit-elle avec un petit signe de main avant de partir à toute vitesse.

Sans savoir quoi dire, je regardai Jesse. Je n'étais pas certaine de quel était le protocole de conversation quand on venait de craquer et que son voisin trop canon et trop sexy trouvait votre mère dans les bois puis vous embrassait.

Il m'a sauvée.

— Je passerai avec Waffle ce soir. Si tu veux, je peux amener la pizza. J'imagine que tu préfèrerais ramener ta mère le plus vite possible. Pas besoin de s'ajouter un arrêt.

Je le regardai en me demandant pourquoi il était si gentil. Puis je me souvins que je n'avais pas besoin de me méfier. S'il y avait bien une chose que j'avais appris en six mois à Willow Brook, c'était que les gens étaient gentils ici. Et pas de façon superficielle ou fausse, vraiment honnêtes et gentils et du genre à vous aider à pousser votre voiture pour la sortir d'un terrain boueux.

— Ce serait génial. Emily voudra un truc végétarien mais ma mère aime les pizzas pepperoni. Je te rembourserai.

— Pas besoin, répondit-il. Je peux gérer deux pizzas. Allez, viens, je te raccompagne.

Il tint la porte alors que nous sortions, sa main effleurant mon dos quand je passai devant lui. Ce minuscule contact provoqua une centaine d'étincelles sous ma peau et je me forçai à les ignorer.

Quand on arriva à l'accueil, ma mère parlait encore à la secrétaire. Elles parlaient de jardinage, une des grandes passions de ma mère. J'attendais l'été avec impatience pour elle. Elle pouvait passer des heures à regarder des magazines de jardinage, et c'était quelque chose que je l'avais vue faire toute mon enfance. J'espérais que ça lui donnerait quelque chose à faire. Elle me sourit puis regarda Jesse presque immédiatement. Elle sembla le reconnaître.

— Salut Olive, comment ça va? demanda-t-il avec son air détendu habituel.

— Tu nous raccompagnes à la maison? demanda-t-elle.

— Maman, c'est moi qui conduis.

Elle me regarda comme si elle avait oublié que j'étais là.

— Mais j'aime bien Jesse.

Il sourit.

— Eh bah vous me verrez dans pas longtemps. J'amène les pizzas ce soir.

Ma mère lui lança un large sourire, ravie de cette idée.

— Parfait, pepperoni s'il te plaît, dit-elle.

Si je n'étais pas au courant des évènements de l'après-midi, je supposerais qu'elle connaissait Jesse depuis bien plus longtemps. Je ne savais même pas quoi en penser, mais je commençais à m'habituer aux aléas de sa mémoire. J'étais médecin, et je comprenais que la sénilité avait des effets différents sur tout le monde. Mais ça restait difficile d'être objective quand il s'agissait de ma mère. Je l'aimais, et ça me faisait mal de la voir lentement disparaître. C'était étrange de voir nos rôles s'inverser, maintenant qu'il fallait que je prenne soin d'elle plutôt que l'inverse.

Jesse hocha la tête.

— À tout à l'heure.

Alors qu'il partait, ma mère se tourna vers moi.

— J'ai besoin de faire pipi, annonça-t-elle.

Comme par magie, une autre infirmière qui connaissait ma mère passait par là.

— Venez. Je vous accompagne. C'est juste là, dit-elle en me lançant un sourire chaleureux.

Je relâchai un soupir silencieux, soulagée. Ça ne me dérangeait pas d'emmener ma mère aux toilettes, mais il fallait que je m'assure que l'hôpital avait bien tous les bons papiers pour l'assurance. Quand ma mère s'éloigna, Penny, la secrétaire, me sourit gentiment.

— Ta mère est adorable. J'ai demandé de t'envoyer une liste d'aides-soignants à domicile. Je sais que tu veux tout faire toute seule, mais ça ne fait jamais de mal de se faire aider un peu.

Je rencontrai les yeux de Penny et essayai de sourire alors que mon cœur se serrait tristement. Parce que ma mère était super et que je l'aimais profondément.

— Elle aime beaucoup te parler, donc merci d'être toujours aussi gentille.

— Pas besoin de me remercier de parler. Si on en croit ma fille, je parle beaucoup trop, lança-t-elle avec un petit rire.

Elle se tut et pencha la tête sur le côté.

En sentant où elle allait en venir, je dis :

— Je sais que ça aiderait d'engager quelqu'un pour s'occuper de maman quand je suis au travail, mais dès que je lui en parle, elle s'énerve. Ce n'est pas parce que je suis têtue et que je m'obstine à m'en occuper seule, vraiment.

Penny hocha doucement la tête.

— Je comprends, mais je te promets que je n'ai mis que ceux qui plairont à ta mère – d'après moi – sur cette liste. Si ça peut aider.

En pianotant sur son clavier, elle vérifia les informations d'assurance de ma mère. Son regard rebondit vers la porte d'entrée, où Jesse s'était arrêté pour parler à quelqu'un.

— Jesse est un gars bien. Il fera attention à elle quand il sera chez lui. Et en plus, il a Waffle, qui veut renifler le monde entier.

Je ne pus m'empêcher de rire.

— Tu connais Waffle?

Penny sourit largement.

— Bien sûr. La mère de Jesse est une bonne amie de ma mère.

Mon téléphone vibra et je regardai l'écran pour trouver un SMS d'Emily me demandant quand je rentrerais. Je sentis la fatigue me rattraper : ça ne devrait pas me paraître trop de m'occuper de deux personnes, mais j'avais l'impression d'enchaîner les obstacles et, parfois, ça me paraissait être trop.

— Allez, faut s'y remettre, dis-je en lançant un sourire à Penny. Merci encore, et je promets que j'essaierai de trouver de l'aide.

Chapitre Cinq

CHARLIE

En peu de temps, j'étais de retour à la maison pour installer maman à la table de la cuisine puis aller frapper à la porte de ma nièce.

— Em? l'appelai-je.

Seul le silence me répondit. Je frappai à nouveau, en l'appelant encore. Rien. J'ouvris la porte et la trouvai sur son lit, à fixer son ordinateur, écouteurs dans les oreilles. Elle n'avait même pas remarqué que j'avais ouvert la porte. Je pris une grande inspiration et la relâchai en un lent soupir. Pendant un moment, je l'observai simplement. Elle ressemblait tellement à ma sœur que ça me prenait parfois par surprise.

Avec ses cheveux noirs brillants et ses grands yeux gris, elle était très jolie. Contrairement à ma sœur et moi, Emily se coupait les cheveux courts. Et ils remontaient en de petites piques. Ses lunettes violet clair étaient basses sur son nez. Avec ses genoux repliés sur elle, elle paraissait si jeune. Elle avait une énergie électrique même quand elle était assise à rien faire. Je sentais presque les engrenages tourner dans sa tête depuis là où je me trouvais.

J'attendis de voir si elle me remarquait. Quand il fut clair qu'elle ne remarquerait rien, je m'avançai et m'assis au pied du lit. Elle leva enfin les yeux quand le lit bougea alors que le matelas avalait mon poids. Elle retira ses écouteurs en tirant sur le fil et me regarda en repoussant ses lunettes le long de son nez.

— Quoi?

— Salut, Em, ça fait plaisir de te voir, proposai-je avec un petit sourire.

Em me sourit en retour, mais à peine. Son regard était méfiant et fermé. J'avais souvent l'impression qu'elle attendait que je l'énerve.

— Salut, tata Charlie. Tu as les pizzas?

Je choisis d'ignorer sa question pour l'instant.

— Mamie va bien, au cas où tu te serais posé la question.

Ses joues prirent de la couleur et elle décala son ordinateur pour déplier ses genoux.

— Oh, bien, je suis désolée. J'aurais dû demander directement. Quand je suis rentrée et qu'elle n'était pas là, c'est à ce moment-là que je t'ai appelée. Tu sais, j'aurais pu aller la chercher moi-même, dit-elle avec un regard volontaire.

— Je sais. Mais si elle était rentrée et que tu n'étais pas là, on ne l'aurait pas su. Je me suis dit que c'était mieux si tu attendais là.

— Qui l'a trouvée?

— Un de nos voisins, au final. Il l'a emmenée à l'hôpital.

— On a des voisins? demanda-t-elle en levant les yeux au ciel.

Emily n'était pas extrêmement heureuse de notre transition vers une vie à la campagne, loin de la ville. J'avais déménagé ici pour plus d'une raison. Comme je l'avais dit à Jesse, j'étais née non loin et ma mère avait toujours voulu revenir en Alaska. C'était le début de l'idée.

Mais Emily avait aussi quelques ennuis à Boston. Sa mère, ma sœur, était morte d'un cancer l'année dernière, et seulement six mois après la mort de mon père. Ça avait été une année difficile pour nous tous. Au milieu de tout ça, Emily s'était frottée aux mauvaises personnes au lycée.

Elle avait voulu jouer à la plus maligne, mais elle était dans un moment vulnérable, elle était triste, sa mère lui manquait et elle avait besoin d'attention comme la plupart des mômes de son âge. Je pensais qu'un nouveau départ nous ferait du bien. Mais Emily n'était pas fan. Ma mère était son seul point faible dans cette carapace de mécontentement.

— Bien sûr qu'on a des voisins. Jesse habite au bout de la rue. Son chien s'est mis à aboyer donc il est allé voir au fond de son terrain et a trouvé mamie. Il l'a emmenée à l'hôpital et ils m'ont appelée. Il nous amène les pizzas et son chien dans pas longtemps.

Emily écarquilla les yeux et sourit.

— Vraiment?

La voir sourire pour de vrai me faisait tellement de bien, j'avais envie de la prendre dans mes bras.

— Il a un chien?

— Ouais. Viens, allons en bas.

Pendant cet instant rare, elle me suivit au lieu de bouder. Elle embrassa sa mamie puis s'installa pour jouer aux cartes avec elle. C'était un réel cadeau du ciel qu'Em aime jouer aux cartes. Ma mère adorait ça et c'était quelque chose qu'elles pouvaient faire ensemble.

Pendant ce temps, je m'attaquai à l'évier de la cuisine qui débordait de vaisselle. J'aurais pu reprocher à Em de ne pas l'avoir faite, mais je n'en avais pas le courage aujourd'hui. Je me rinçais les mains après avoir rempli le lave-vaisselle quand quelqu'un frappa à la porte.

— Tu peux aller ouvrir, Em? lançai-je par-dessus mon épaule, en me disant que c'était Jesse.

Au moment où j'entendis sa voix, une chaleur s'empara de moi et le souvenir de notre baiser emplit mes pensées. Je l'avais un peu mis sous cloche. Entre le fait de ramener maman à la maison, et la fatigue émotionnelle de cet après-midi, je n'avais pas eu envie d'y penser. Parce que c'était complètement fou.

Je n'avais pas le temps d'embrasser qui que ce soit. Du tout. Et j'avais encore moins le temps pour les conséquences d'embrasser un de mes patients. Ajouté à cela le fait que j'étais responsable d'une mère sénile et d'une nièce qui avait perdu sa propre mère. Je gérais mon propre deuil, entre ma sœur et mon père, tous les deux morts l'année dernière.

Embrasser quelqu'un, ou penser à ma vie romantique tout court, était bien loin dans ma liste de priorités. Si loin que ce n'était même pas sur la liste. Et pourtant, ça ne changeait rien à la réaction de mon corps face à Jesse. Bon sang, cet homme embrassait bien.

Dès que j'entendis la porte s'ouvrir et se fermer, je coupai l'eau et secouai mes mains. Pendant que je les essuyais, je me tournai vers Jesse qui entrait avec trois pizzas et un chien. Son chien se dirigea immédiatement vers le salon pour suivre Emily et se frotter à elle. Em fit un petit cri et se pencha pour caresser le chien.

Je croisai le regard de Jesse de l'autre côté de la pièce et mon estomac sursauta alors qu'un éclair de chaleur me traversait. Alors que son regard vert soutenait le mien, j'avais l'impression qu'un câble électrique vibrait entre nous.

— Salut, salut, dit Jesse. Où est-ce que je pose ça?

Emily était tellement concentrée sur le chien que je décidai de ne pas l'embêter en lui demandant de dire bonjour.

— Par là, lui dis-je en lui montrant le comptoir de la cuisine.

Il traversa la pièce en passant devant ma mère assise à table.

— Bonsoir Olive, dit-il avec un sourire.

Elle leva les yeux de son jeu, les yeux perdus pendant un instant avant que son visage ne s'illumine.

— Oh, bonsoir. Ça me fait plaisir de te revoir.

— Ça me fait plaisir aussi.

Il arriva au comptoir et posa les boîtes de pizza.

Je parlai doucement :

— Si elle oublie ton nom, ne le prends pas pour toi.

— Je ne l'aurais pas mal pris, mais merci de me prévenir. Comment va-t-elle?

— Elle va bien. Aucune trace de sa petite escapade de cet après-midi. Je crois que c'est plus dur pour moi que pour elle. Je vais te présenter ma nièce. Elle est très heureuse de rencontrer ton chien.

Je me tournai pour lui faire signe de me suivre vers le salon. La maison était sur deux étages avec les chambres au premier. Le rez-de-chaussée était une grande pièce ouverte, le salon et la cuisine étaient connectés et il y avait une salle de bains et une buanderie.

Je m'arrêtai devant Emily qui était assise par terre à caresser le chien de Jesse et je lui souris.

— Tu n'as pas oublié de dire quelque chose?

Le chien de Jesse était mince avec des poils noirs et caramel et de grandes oreilles tombantes.

Emily leva la tête avec un sourire.

— Salut, je suis Emily.

Jesse hocha la tête.

— Et moi Jesse. Ça, c'est Waffle, dit-il en désignant son chien.

Emily jeta ses bras sur Waffle pour lui faire un gros câlin.

— Je suis trop contente que tu l'aies amenée. Je ne savais même pas qu'on avait des voisins dans le coin.

Jesse sourit et un éclair me traversa le dos. Encore une fois. Pourquoi me mettait-il dans cet état si facilement? C'était bien plus simple quand il était malpoli. Bien sûr, j'avais déjà remarqué à quel point il était beau à l'époque. Il faudrait être aveugle pour le rater. Avec ses cheveux ambre, ses yeux verts, son corps musclé, il était incroyablement masculin.

— Ouais. Tu as des voisins. Pas juste moi. Claire loue cette propriété depuis des années. Depuis combien de temps vous vivez là? demanda-t-il en me regardant, puisqu'il était clair qu'Emily n'avait d'yeux que pour Waffle.

— Environ six mois. On a loué autre chose avant, mais c'était juste pour la saison.

Jesse hocha la tête.

— Oui, il y a beaucoup de locations de saison ici.

— Tu veux de la pizza? demandai-je en regardant Emily à nouveau.

C'était les mots magiques pour la faire bouger. Avec un hochement de tête rapide, elle traversa la pièce vers la cuisine. En regardant Jesse, je continuais de maudire mon corps pour ses réactions. Il me mettait mal à l'aise avant, parce qu'il était toujours de mauvaise humeur. Mais ce gentil Jesse, c'était une toute nouvelle aventure.

Je pense que si je pouvais choisir, je choisirais sans

doute la mauvaise humeur. Surtout parce que ça me donnait l'impression de pouvoir me contrôler un peu plus. Quand je croisai ses yeux verts, mon ventre papillonna et une vague de chaleur s'empara de moi. Je me souvins immédiatement de la sensation de ses lèvres sur les miennes.

Emily dit quelque chose à Waffle alors qu'elle emmenait son assiette vers le canapé, me ramenant efficacement à la réalité.

— Viens, on va aller s'asseoir. Je sais que tu as amené Waffle pour ma mère, mais ça met Em de bonne humeur, donc c'est tout bénef.

Le rire lent de Jesse me fit frissonner de partout. J'ignorai la sensation et me retournai pour avancer vers le comptoir de la cuisine. J'étais tombée amoureuse de cette maison au premier regard. C'était un lieu ouvert et lumineux. La cuisine était au fond, avec des fenêtres tournées vers les arbres. Un comptoir longeait tout le mur arrière avec un évier sous les fenêtres et un four encastré sur le côté. Il y avait un îlot central en face du comptoir, avec des plaques intégrées, ce qui en faisait une cuisine facile à utiliser.

La table à manger était sur le côté, là où ma mère était installée à l'instant, à lire un magazine. Elle avait déjà oublié la présence de Jesse. Le salon était un peu plus loin, là où s'arrêtait le carrelage gris clair de la cuisine, remplacé par un parquet plus sombre dans le salon et le reste de la maison.

La maison était partiellement meublée, avec un canapé d'angle, un large repose-pieds très confortable, un écran plat installé au mur, une bibliothèque encastrée des deux côtés du salon. Il y avait des baies vitrées allant du sol au plafond de chaque côté, avec une porte-fenêtre qui menait au balcon. Les fenêtres donnaient sur une vue splendide des montagnes au loin.

Depuis que j'avais emménagé ici, je comprenais bien mieux pourquoi mes parents aimaient autant l'Alaska. Mes souvenirs de la région étaient vagues puisque nous avions déménagé quand j'avais cinq ans. Me retrouver aussi proche de la nature m'ancrait, d'une certaine façon. Les paysages étaient splendides, bien entendu. J'avais l'impression de vivre dans une carte postale, certains jours.

Jesse me suivit jusqu'au comptoir, en jetant un œil à ma mère, installée à table.

— J'imagine qu'on mange à table, commenta-t-il.

En croisant son regard et en forçant mon pouls à ralentir, j'acquiesçai.

— Les assiettes sont là. Tu veux quelque chose à boire? On a de la bière, du vin, du jus de fruits et de l'eau.

— Une bière, ce serait parfait. Je suis venu à pied avec Waffle. Je me suis dit que ça lui ferait une bonne balade du soir.

Je n'étais pas certaine d'où il habitait. Je savais qu'il avait dit qu'il ne vivait pas loin, mais ça ne voulait pas dire que je pouvais voir sa maison d'ici.

— Où est ta maison? demandai-je en allant lui chercher une bière dans le frigo.

Alors qu'il mettait deux parts de pizza pepperoni sur une assiette, il pointa le balcon arrière du doigt.

— Vers la droite. À l'est d'ici. La maison de l'autre côté appartient aux Bakers. Ce sont des retraités migrateurs, expliqua-t-il.

— Des retraités migrateurs? demandai-je alors que je préparais une assiette pour ma mère et pour moi-même.

Il rit en se tournant pour aller vers la table de la cuisine.

— Les retraités migrateurs sont les gens qui fuient l'Alaska en hiver.

Il se glissa sur une chaise en face de ma mère qui lui jeta un coup d'œil quand elle leva la tête.

— Salut Olive, offrit-il avec un hochement de tête avant de prendre une gorgée de sa bière.

Ma mère sourit. Pendant un instant, son regard resta vide, puis elle sembla le reconnaître à nouveau.

— Jesse.

— C'est ça, dit-il naturellement.

Je réalisai que dans son boulot, il avait sans doute l'habitude de croiser tous types de gens mais ça me faisait quand même plaisir de le voir aussi à l'aise avec ma mère. Il ne semblait pas attendre beaucoup d'elle, et pourtant il restait amical et détendu quand elle décidait de parler.

Je posai l'assiette de ma mère devant elle en lui tendant une serviette et un verre d'eau. Alors que je me servais un verre de vin, j'appelai Emily.

J'essayais de ne pas être trop sévère sur les règles de la maison, mais j'essayais quand même d'organiser un repas toutes ensemble tous les soirs. Elle m'ignora un instant, mais Jesse siffla fort et Waffle se dépêcha de se relever pour le rejoindre.

Je ne savais pas s'il avait fait ça pour m'aider ou non. Mais ça m'aidait. Em jeta un regard par-dessus son épaule et attrapa son assiette sur la table basse pour venir nous rejoindre. Waffle s'installa aux pieds de ma mère. Elle avait l'air d'être une chienne très douce. Pendant ce temps, Em s'installa sur la chaise à côté de ma mère.

Le dîner se déroula agréablement pour la première

fois depuis des semaines. Je n'avais aucun doute sur le fait que la présence de Waffle en était la raison principale. Em n'aurait en aucun cas eu peur d'être malpolie avec Jesse. Elle n'épargnait personne. Mais elle adorait les chiens, donc elle était de meilleure humeur que d'habitude. Je ne savais pas trop quoi penser de ce repas improvisé, mais je n'allais pas me plaindre. Willow Brook était une petite ville, et j'avais bien remarqué que les gens prenaient soin les uns des autres ici. Je n'avais simplement pas eu le temps d'apprendre à connaître mes voisins. C'était un peu déroutant d'avoir partagé un baiser spontané, incroyablement excitant avec ce voisin-ci. Mais je trouvais que j'arrivais à ignorer ce détail comme une pro.

Plus tard dans la soirée, après que Jesse eut insisté pour m'aider à remplir le lave-vaisselle et qu'Emily fut partie dans sa chambre, je trouvai ma mère endormie sur sa chaise à la table de la cuisine.

— Merci, dis-je en attrapant le regard de Jesse.

Il se tourna, appuya sa hanche contre le comptoir avec une de ses mains perdues dans la poche de son jean. Bon Dieu. Cet homme était sexy rien qu'en respirant.

J'essayai de repousser ces pensées, mais mon pouls ne m'écoutait pas et s'accéléra quand nos regards se croisèrent à nouveau.

— Pas de problème. Waffle est adorable. Elle a trouvé ta mère sans la connaître cette fois, donc si jamais ta mère disparaît encore, appelle-moi. Je ne suis pas toujours là, mais si je suis à la maison, je suis toujours prêt à aider.

Mes émotions prirent soudainement le dessus alors que des larmes montaient au fond de mes yeux. Le ridicule de ma vie me frappait de temps en temps. Je me sentais tellement seule la plupart du temps. Ces temps-ci, j'avais l'impression de ne pas être dans mon assiette. J'étais une personne joyeuse de nature. Mais c'était difficile de trouver de la joie ces jours-ci. Le poids de voir l'état de ma mère se dégrader doucement était bien plus lourd et douloureux que je n'aurais jamais pu l'imaginer. Ajouté à cela tout ce qui était arrivé à ma famille ces dernières années, la simple proposition de Jesse représentait bien plus qu'il ne pouvait l'imaginer et je ne savais pas vraiment comment le gérer.

J'avais prévu de suivre les conseils chaleureux bien que directs de Penny et d'essayer de trouver quelqu'un qui m'aiderait à prendre soin de ma mère. Mais rien que l'idée qu'il y avait quelqu'un à appeler en cas de problème m'enlevait un poids énorme des épaules. Cependant, la dernière chose que je voulais, c'était de me mettre à pleurer devant lui. Encore une fois. Parce que ce serait ridicule. Il m'avait déjà trouvée en larmes une fois.

Donc je me forçai à ravaler les émotions qui bloquaient ma gorge en espérant que mes larmes ne se voyaient pas dans mes yeux.

— Merci. Ça aide, maintenant que je commence à connaître quelques personnes en ville. Penny m'a donné une liste de personnes qui pourraient venir s'occuper de maman pendant la journée, je vais y jeter un œil. Emily m'aide beaucoup après ses cours, mais je n'aime pas savoir qu'elle est responsable de ça. C'est trop. Elle n'a que quinze ans.

Jesse acquiesça lentement.

— Peut-être. Mais elle a l'air d'être très patiente avec sa grand-mère. Pour une ado, elle pourrait être beaucoup moins amicale, dit-il avec un petit rire.

— Tu as l'habitude des ados?

Les yeux de Jesse se plissèrent dans les coins quand il sourit.

— Oh oui. Mon frère a une fille de quinze ans aussi. Ça ne me surprendrait pas si elles étaient dans la même classe. Bref, disons simplement qu'elle n'aurait peut-être pas autant de patience avec notre mère qu'Emily avec la tienne. C'est une gentille môme, mais elle pense à d'autres trucs. Souvent à son dernier petit copain.

Je dus me mordre la lèvre pour m'empêcher de le supplier de présenter Em à sa nièce. Elle grognait à l'idée de se faire des amis depuis que nous avions déménagé. C'était une gentille fille, mais elle s'était repliée sur elle-même depuis que sa mère était morte. À Boston, elle avait un petit groupe d'amis, mais elle n'avait jamais été quelqu'un de très sociable. La mort de sa mère l'avait grandement affectée, et elle s'était renfermée encore plus. Et peu de temps après l'enterrement, elle s'était mise à sortir avec un garçon qui avait un penchant pour la drogue et qui s'était rapidement fait virer du lycée quand on avait trouvé de la drogue dans son casier. Même si je ne pensais pas qu'Em était tombée là-dedans, ça m'avait montré qu'elle était vulnérable et risquait de se retrouver à traîner avec les mauvaises personnes.

L'un des mauvais côtés à déménager à Willow Brook auxquels je n'avais pas pensé plus tôt était à quel point il pouvait être difficile de recommencer à zéro dans une si petite communauté, pour une adolescente. Mais je ne pensais plus clairement depuis bien longtemps.

Je me forçai à ignorer les « et si ». Il n'y avait aucune raison de disséquer une décision déjà prise. Je répondis au sourire de Jesse avec le mien.

— Je sais. Elle s'occupe bien d'elle. Em n'est pas une adolescente normale ces jours-ci. Sauf quand elle est en colère contre moi.

Jesse me fit un clin d'œil avec un petit rire, avant de se tourner quand ma mère appela son nom. Je me forçai à le quitter des yeux alors qu'il s'approchait d'elle en répondant à ce qu'elle venait de dire.

Il était assez tard, et il fallait que j'aille me coucher et que je m'assure que maman avait tout ce qu'il lui fallait pour ce soir. Jesse dit au revoir et je le regardai disparaître entre les arbres par la fenêtre, alors que Waffle trottinait à ses côtés.

Chapitre Six

CHARLIE

Plus tard ce soir-là, je regardais le plafond, allongée dans mon lit. Les anciens locataires de cette maison avaient laissé des constellations au plafond, peintes avec de la peinture fluorescente. Tous les soirs, je regardais cette copie du ciel étoilé qui se trouvait de l'autre côté de mes fenêtres. Au centre des constellations, il y avait un amas où on pouvait trouver la Petite Ourse. La personne qui avait peint ce plafond était très méticuleuse. Quand je m'étais rendu compte de ce qu'il y avait au plafond, j'avais pris une photo un soir, dans l'obscurité, pour la comparer aux étoiles dehors. Cette personne avait reproduit le ciel qui entourait la Petite Ourse.

Je me demandai si Jesse saurait me dire qui l'avait peint. Au moment où mes pensées dérivèrent vers lui, je me réchauffai. Je n'arrivais pas à oublier la sensation de ses lèvres sur les miennes. Je pensais qu'un dîner plutôt ordinaire avec ma mère qui posait les mêmes questions en boucle, et une conversation qui tournait en rond, suffirait à éteindre le feu du désir qui brûlait entre Jesse et moi.

Mais non. Oh non.

Ce n'était pas que j'avais fantasmé sur Jesse tout au long du dîner. Du tout. C'était juste que le voir avec ma mère, avec Emily et sa gentille chienne Waffle n'avait fait qu'empirer les choses. Il n'était pas l'homme que j'attendais. Du tout.

Je l'avais toujours vu comme quelqu'un de plutôt grognon, et un pompier incroyablement sexy. Maintenant, je le voyais aussi comme un homme gentil et drôle. J'avais du mal à trouver le sommeil. Mon esprit revenait en permanence à sa langue sur mes lèvres et dans ma bouche. Je ne pouvais m'empêcher de bouger les jambes, l'humidité entre mes cuisses me prenant par surprise. Ça faisait bien longtemps que je n'avais pas laissé de place au fantasme dans mes pensées. Mais à cet instant, je n'arrivais pas à dormir, pas quand je pensais à Jesse de cette façon et que mon corps vibrait d'envie.

Je sentais mes tétons se presser contre mon t-shirt et je me laissai enfin aller, en glissant ma main entre mes cuisses vers la chaleur humide de mon corps. En quelques secondes, je me resserrai sur mes doigts et des étincelles de plaisir me traversèrent.

Je m'endormis enfin, et me réveillai le lendemain matin alors que Jesse dansait déjà dans mon esprit. Dès que j'arrivai au cabinet ce matin-là, je pris ma décision : je dis à Sandy de transférer Jesse au docteur Johnson et de ne plus lui prévoir de consultations avec moi. Je me fichais du fait que ce soit une petite ville et de ne l'avoir traité que pour une épaule déboîtée. Ça m'avait fait bizarre de jouir avec mes doigts en pensant à lui, tout en sachant que je le reverrais peut-être en tant que patient.

Sandy me lança un regard curieux mais ne posa pas de questions. Quand elle était enfin sur le point de demander pourquoi, le téléphone du cabinet sonna. Sauvée par l'appel, je m'enfuis rapidement.

Plus tard, après une très longue journée, je m'enfonçai dans ma chaise de bureau avec un soupir. En fermant les yeux, je laissai ma tête tomber en arrière pendant quelques instants. Pendant mes études de médecine, j'avais prévu de me spécialiser. Mais ensuite, mon père était mort des complications d'un AVC et ma sœur d'un cancer du pancréas.

J'avais épuisé toutes mes réserves et je n'avais pas eu le courage de faire plus de trois ans d'internat pour pouvoir faire autre chose que de la médecine familiale. Entre le deuil de ma mère, le mien et celui d'Emily, ma dernière année d'internat avait été difficile. Et c'était sans compter les deux années qui avaient suivi l'annonce du cancer de ma sœur. Tout avait été tellement compliqué que l'idée de déménager en Alaska avait été une bouée de sauvetage.

Accidentellement, j'avais découvert que mon choix par défaut de faire de la médecine familiale s'était avéré être le bon choix pour moi. Je ne m'ennuyais jamais et la diversité des problèmes rendait le boulot amusant. Aujourd'hui, par exemple, ma journée avait commencé par une vieille dame avec une toux persistante avant de passer à une mère épuisée qui avait un trombone enfoncé dans la cuisse, quand son fils l'avait accidentellement poignardée. Nous en avions ri ensemble. Il y avait eu quelques autres cas, puis ma journée s'était terminée sur un petit garçon plein d'énergie joyeuse qui s'était cassé le gros doigt de pied quand il avait décidé de chasser les escaliers d'un coup de pied.

Il ne s'était cassé que le doigt de pied, mais ça pouvait tout de même faire mal. Il avait été très courageux. Sa mère riait en secouant la tête.

En mettant de côté les diverses sources de stress qui venaient avec ce déménagement en Alaska, je commençais vraiment à aimer cette région. Tout le monde me traitait comme si je serais bientôt leur amie même si ce n'était pas encore le cas, et j'avais l'impression que plus j'y passais de temps, plus je commençais à connaître la ville.

En ouvrant les yeux, je fis tourner ma chaise vers les fenêtres. Il n'y avait rien de mieux que ces paysages. Le cabinet du docteur Johnson était dans le sud de Willow Brook. Le « sud » de cette ville était une notion bien différente du sud de Boston, ou de n'importe quelle autre ville. Son cabinet était du côté de la grand-rue. Comme beaucoup de bâtiments du sud de la ville, on pouvait y voir le lac Swan. Le lac Swan était en plein milieu de Willow Brook. C'était un grand lac qui s'étendait loin et était entouré d'hôtels et de cabanes et donnant sur une nature sauvage au loin.

Les journées se rallongeaient alors que le printemps s'installait. Je trouvais la transition de l'hiver au printemps très intéressante, ici. Je m'étais habituée à l'hiver. Boston avait toujours un vrai hiver, mais les nuits n'y étaient jamais aussi longues et sombres. En Alaska, quand les journées commençaient enfin à s'allonger, on pouvait sentir une accélération dans l'air, un sentiment de bourgeon qui s'éveille.

Je restais tard au cabinet ce soir. Le docteur Johnson ouvrait le cabinet tard deux jours par semaine pour les patients qui ne pouvaient pas venir pendant les heures de bureau. Le soleil commençait à se coucher, le ciel était strié de rouge et de violet, les couleurs se reflétaient sur le lac. On m'avait dit que les cygnes trompette, qui donnaient leur nom au lac, reviendraient bientôt ce printemps.

Malgré la mémoire instable de ma mère, qui

semblait se dégrader de jour en jour, elle adorait faire des recherches. Depuis toujours. Elle n'aimait pas tellement utiliser Internet, mais Emily lui avait ramené une nouvelle collection de livres sur les oiseaux avec son argent d'anniversaire. Quand Emily avait fait ça, je lui avais simplement viré plus d'argent.

J'avais tellement de choses à gérer que j'oubliais toujours quelque chose. Après qu'on eut déménagé ici, j'aurais dû penser immédiatement au fait que maman avait besoin de nouvelles encyclopédies, mais j'avais oublié. Em, elle, avec son grand cœur, s'en était souvenue.

Bref, maman dévorait ses livres et quand elle avait fini d'explorer les oiseaux d'Alaska, elle m'avait parlé du fait que les cygnes reviendraient bientôt pour l'été. Elle m'avait également parlé d'un Festival de l'Oiseau dans une ville à quelques heures au sud d'ici, à Diamond Creek. Apparemment, mes parents m'y avaient emmenée la toute première année du festival avant que nous ne déménagions.

Je me rappelai qu'il fallait que j'essaie de nous y emmener pour une journée ou deux. Je réfléchissais à essayer de nous trouver une maison avec vue sur le lac, sachant très bien qu'elle adorerait ça. Je ne pus m'empêcher de me demander si la maison de Jesse donnait sur le lac. À vol d'oiseau, le lac n'était qu'à quelques kilomètres de notre maison, mais les arbres nous bloquaient la vue.

Au moment où je pensai à Jesse, mon esprit revint à la nuit dernière puis à ce baiser fou. En me secouant, je me levai de mon bureau alors que Rachel passait la tête par la porte.

— Hé, dit-elle avec un sourire alors que sa queue de cheval se balançait.

En fermant la porte derrière elle, elle s'avança dans

le bureau et reposa sa hanche contre l'une des chaises en face de mon bureau. Je n'avais pas beaucoup d'amis ici. Comme Emily, je repartais de zéro. Mais Rachel était rapidement devenue une amie, ce qui était super. Puisque je passais la plupart de mes journées de travail avec elle, c'était plutôt pratique de bien s'entendre. Un autre bonus était qu'elle semblait connaître tout le monde en ville, puisqu'elle avait grandi ici.

— Tu avais quelque chose à me dire? demanda-t-elle.

En m'appuyant contre mon bureau, j'attrapai un stylo pour le faire tourner entre mes doigts.

— Hein?

Elle haussa un sourcil et ses lèvres s'étirèrent en un sourire moqueur.

— Sandy a dit que tu avais transféré Jesse Franklin au docteur Johnson. Pourquoi ça?

Mes joues rougirent et je rageai contre ma peau blanche. En la regardant un instant, je finis par hausser les épaules.

— Eh bien, je ne sais pas ce que tu as entendu, mais il a trouvé ma mère hier après-midi.

Rachel acquiesça.

— Ouais. Je sais. Holly m'a dit qu'il ne te quittait pas des yeux à l'hôpital.

Merde, merde, merde. Holly et Rachel étaient proches. C'était le mauvais côté des petites villes, les secrets voyageaient vite. Je mordis l'intérieur de ma joue en me demandant si je devais lui parler de notre baiser inattendu à l'hôpital, hier. Je me dis rapidement de ne rien dire, je soutins son regard et m'expliquai vaguement.

— C'est mon voisin, et il y a peut-être un petit truc. Petite ville ou non, ça me fait juste bizarre de le garder comme patient. Le docteur Johnson peut s'en occuper, et il n'a rien de très grave. C'est juste son épaule.

— Oh, je pense que c'est super, déclara fermement Rachel.

— Qu'est-ce qui est super?

— Tu es vraiment trop sérieuse. Tu perdais les pédales juste parce qu'il avait maté ton cul l'autre jour. Je suis complètement pour que tu écartes les obstacles de ton chemin. Jesse Franklin est ultra canon, et je ne suis pas la seule à penser qu'il te kiffe. Holly pense pareil. Je pense que tu devrais te jeter dessus. C'est du sexe en poudre, ce gars.

Le sourire de Rachel s'étira encore. Je levai les yeux au ciel en essayant de garder la tête froide. Je n'avais pas besoin de m'exciter sur un homme. Quel que soit l'homme. Mais Jesse était tellement tentant.

— Tu sais, ma vie ne laisse pas beaucoup de temps à l'amour.

— Oh, je ne parle pas d'amour. Je dis que tu devrais te faire sauter.

Sur ces mots, elle sortit de la pièce alors que son rire la suivait.

Chapitre Sept

JESSE

Je me tenais à côté de l'ambulance à attendre avec la vieille dame qui était installée à l'arrière. Dana Halloran, l'une de nos ambulancières et une amie, écoutait ses poumons et lui demandait de respirer dans un masque à oxygène. Dana me fit un pouce en l'air, et j'acquiesçai avant de me retourner. Notre équipe avait été appelée pour un incendie juste à la limite de la ville. Ce n'était pas vraiment encore la saison des incendies, mais il y avait toujours quelque chose.

Cette femme âgée vivait seule et avait mis le feu à son poêle à bois sans faire exprès. Son chalet était juste assez isolé pour que l'appel n'arrive pas tout de suite, et sa maison était détruite. Un voisin avait remarqué la fumée et les flammes et nous avait appelés. En me retournant, je regardai les ruines fumantes de la maison. Le toit s'était écroulé et seuls deux murs tenaient encore. Ward, le surintendant de notre équipe, discutait avec Caleb, l'autre contremaître de notre équipe à part moi.

J'avais surtout aidé l'équipe en retrait puisque je devais encore attendre quelques jours avant d'avoir le droit de retourner au travail. En m'approchant d'eux, je leur demandai où nous en étions.

— C'est quoi le plan?

Ward me regarda.

— Eh bien, le feu est éteint. De toute évidence, dit-il avec un soupir. Je vais laisser la moitié de l'équipe en place avec les tuyaux d'incendie jusqu'à ce que ce soit complètement froid. Tu veux rester ou partir?

Avant que je puisse répondre, Caleb le fit.

— Je vais rester. Jesse est resté tard l'autre soir.

Notre équipe était un groupe solide. Avant, je partageais les responsabilités du contremaître avec Susannah, la femme de Ward. Mais elle avait demandé un transfert de son poste dans notre équipe de pompiers forestiers vers l'équipe locale quand elle était tombée enceinte. Notre équipe s'occupait également d'appels locaux quand nous étions en ville. Caleb s'était intégré très facilement. Ça avait aidé qu'il soit né et ait grandi à Willow Brook. C'était un gars vraiment solide, un bon ami et il n'hésitait jamais à se porter volontaire.

— Ça me va, répondis-je. On dirait qu'Hazel va s'en sortir sans problème, dis-je en parlant de la vieille dame dont Dana s'occupait.

Caleb hocha la tête et je me tournai pour m'éloigner quand Ward m'appela.

— Ouais? demandai-je en regardant par-dessus mon épaule.

— Carrie Dodge m'a appelé il y a quelques minutes. Herman est encore coincé dans un arbre. Si tu veux bien passer chez elle en rentrant chez toi, ce serait super, expliqua Ward.

Avec un petit rire, je lui fis un pouce en l'air.

— Ça marche.

Tous les pompiers de Willow Brook connaissaient

Carrie. La station était une base pour une grande partie du territoire d'Alaska, avec deux équipes de pompiers forestiers et une équipe locale. Nous répondions aux appels d'où qu'ils viennent pendant la saison haute, synonymes de longues semaines en nature sauvage. J'adorais ce boulot, mais c'était dur et épuisant parfois.

Carrie nous faisait souvent rire. Son chat, Herman, aimait bien monter dans les arbres. Très souvent. Avant, elle utilisait la pelleteuse de son mari pour libérer Herman elle-même. Jusqu'à ce qu'un jour, elle et la pelleteuse tombèrent dans un fossé. La caserne était maintenant « en possession » de sa pelleteuse, mais nous l'avions laissée chez elle. Nous la laissions là-bas uniquement pour pouvoir attraper le chat.

Pendant que je rentrais chez moi, le soleil descendait au loin. Denali s'élevait haut à l'horizon, sa silhouette sombre contrastant avec le ciel orange et or. Même si j'avais toujours vécu ici, je ne me lassais jamais de ces paysages. J'avais passé la plus grande partie de mon enfance non loin de Fairbanks, mais ma famille avait déménagé à Willow Brook juste après mon bac. Quand un poste de pompier s'était présenté ici, j'avais sauté sur l'occasion. Je pris la route qui menait à la maison de Carrie alors que le lac Swan frémissait au loin et que le ciel pastel s'y reflétait. J'imaginais Herman en train de profiter de la vue depuis l'arbre qu'il avait choisi ce soir.

Quelques minutes plus tard, j'étais chez Carrie. Elle me salua depuis le porche alors que je montais dans la pelleteuse. Herman était dans l'un de ses arbres préférés, haut dans les branches. Dès que la pelle de la machine fut assez près de lui, il sauta simplement dedans.

En peu de temps, je l'amenais à Carrie sur le porche alors qu'il frottait son menton sur mon épaule.

— Et voilà bonhomme, dis-je en le tendant à Carrie.

Elle sourit et me tendit un cookie aux raisins en retour, mon biscuit préféré. Carrie savait comment nous amadouer, bien que ce ne soit pas nécessaire.

— Merci, Jesse.

— Pas de problème, Carrie. Il suffit d'appeler.

Elle sourit et commença à câliner Herman immédiatement. Avec un petit salut, je partis. Une fois que je me mis en route vers la caserne, mon esprit revint à la mère de Charlie. Contrairement à la femme que j'avais aidée plus tôt aujourd'hui, dont la maison avait brûlé, Olive ne vivait pas seule. Charlie et Emily s'occupaient d'elle.

Je n'arrivais pas à penser à Olive sans penser à Charlie. Après être parti l'autre soir, je m'étais retrouvé sans mots en pensant à l'état dans lequel elle me mettait. Tout mon désir pour elle aurait dû disparaître quand j'avais eu un vrai aperçu de sa vie. Loin de là. Je n'avais aucune idée de quoi en penser. J'avais peur qu'elle ait trop à faire seule, et je voulais l'aider de toutes les façons possibles.

Ce n'était pas contre-nature pour moi. J'étais un pompier de l'extrême après tout. Et pourtant, mon envie d'aider était rarement liée au même besoin brûlant que je ressentais pour Charlie. Je n'aimais pas trop envisager la possibilité d'une relation. J'étais même plutôt volatile quand il s'agissait de ma vie romantique.

Et pourtant, le désir que je ressentais avec Charlie était différent de tout ce que j'avais connu d'autre. Ce n'était pas ma première aventure. J'avais eu quelques relations plus ou moins sérieuses, mais je n'avais jamais été aussi attiré par qui que ce soit. Et alors que sa vie compliquée aurait dû me faire fuir, c'était tout l'inverse. Je l'admirais comme un fou.

Elle était extrêmement intelligente et tenait clairement beaucoup à sa famille. Tout le monde ne serait pas capable de s'occuper de sa mère comme elle le faisait. Et même si je ne savais pas comment elle s'était retrouvée à s'occuper de sa nièce, ce n'était qu'une pièce du puzzle en plus qui me disait que c'était un être incroyablement loyal. Ça m'inquiétait de la voir essayer de porter tous ces poids seule.

En pensant à ça, j'avais secrètement demandé à Holly des conseils pour trouver de l'aide à la mère de Charlie. Pour autant que je sache, sa mère ne s'était pas reperdue cette semaine, ce qui était un vrai soulagement.

Et pourtant, sur le long terme, ce n'était pas une situation supportable. Même si Emily faisait plus que son âge et semblait prête à aider, il n'y avait aucune raison de ne pas demander d'aide. Holly avait eu une étincelle dans les yeux quand je lui avais demandé.

— Tu aimes bien Charlie, avait-elle dit directement.

J'avais simplement haussé les épaules. Elle avait tout à fait raison, mais je pensais que Charlie trouverait ça de mauvais goût si je m'étendais sur le fait que je la trouvais extrêmement sexy.

Holly m'avait expliqué la liste qu'elle avait donnée à Charlie, plusieurs aidants potentiels, mais elle pensait que Charlie se sentirait peut-être trop coupable pour faire la démarche. Je ne pouvais qu'être d'accord. Holly avait ensuite dit qu'elle avait l'intention d'en reparler et d'appeler les aidants elle-même si Olive se perdait une fois de plus.

En appuyant mes mains contre le mur de la douche

à la caserne, je décidai qu'il était temps pour une visite improvisée chez Charlie. Après m'être séché, je fonçai vers chez elle, la prévenant que j'apporterai des pizzas pour Emily et sa mère. Je me dis qu'elle ne pourrait pas refuser ça. Alors que Waffle me suivait, j'allai chercher trois pizzas parce que j'avais remarqué qu'Emily mangeait presque une pizza à elle toute seule.

Charlie ouvrit la porte, les cheveux remontés en un chignon. Elle avait l'air d'être rentrée du cabinet quelques minutes plus tôt, tout au plus. Elle avait retiré sa blouse blanche, mais elle portait un chemisier et un jogging noir. Mes yeux descendirent immédiatement dans la vallée de ses seins. Parce que oui, j'en pinçais vraiment.

Merde. Si j'avais su que c'était le corps qu'elle cachait sous sa blouse, je suis presque certain que je l'aurais embrassée la première fois que je l'avais rencontrée. Elle était tellement tentante. En me forçant à relever les yeux, je trouvai son regard qui m'attendait. Du rouge occupait ses joues.

— Salut, je viens de voir ton message.

Avant que je n'aie le temps de répondre, Emily traversa la pièce en chaussettes, me rentrant presque dedans. Je pensais qu'elle prendrait la pizza, mais elle n'avait d'yeux que pour Waffle. En me disant à peine bonjour, elle alla se jeter au sol sur un petit tapis rond devant le canapé où Waffle la suivit, bien entendu.

En croisant le regard de Charlie, je souris.

— Qu'est-ce qu'il y a?

En ouvrant grand la porte, elle me fit rentrer.

— Oh, tu sais. Grosse journée au boulot. Mais chaque jour qui passe sans que maman ne se perde dans les bois est une victoire.

Je la suivis à travers le salon vers la cuisine en scannant la pièce des yeux à la recherche de sa mère et résistant à l'envie de passer ma main dans son dos. Elle avait l'air fatiguée, et je voulais la prendre dans mes bras et lui dire que tout irait bien. Au loin, je me demandais si j'avais complètement perdu la tête.

Heureusement que j'avais quelque chose à faire de mes mains. En posant les pizzas, je la regardai alors qu'elle se tenait près du frigo.

— Bière? Vin?

— Une bière, ce serait parfait. Comme toujours, dis-je simplement.

Quand elle me lança un sourire, ma queue sursauta. Je lui ordonnai de bien se tenir. Charlie me tendit une bière après l'avoir ouverte. Elle se servit un verre de vin avant de se retourner et d'appuyer ses hanches contre le comptoir, ses yeux surveillant le salon de loin.

— Em serait parfaitement heureuse si Waffle restait vivre ici, dit-elle avec un petit rire.

Je regardai Emily allongée sur le tapis à caresser Waffle. Waffle, bien entendu, serait sans doute parfaitement heureuse de rester. Elle m'aimait, mais elle adorait être le centre du monde.

En attrapant le regard de Charlie, je haussai les épaules.

— Elle peut venir aussi souvent que tu le souhaites. Où est ta mère?

— Elle dort. Elle dort beaucoup, dit-elle doucement. J'allais t'écrire pour te dire de ne pas amener trop de pizzas mais...

Ses mots s'éteignirent quand elle posa les yeux sur les trois boîtes.

— Pas de problème. Je suis sûr qu'Emily mangera les restes, non?

Charlie rit doucement, d'un son doux et mélodieux. Bordel. Même son rire était sexy. Je n'arrivais pas à croire que je l'avais trouvée emmerdante quand je l'avais rencontrée. Mais je pouvais attribuer ça au fait que j'étais saoulé par mon épaule. Je me souvins soudainement de quelque chose.

— Hey, quand Sandy m'a appelé pour me rappeler notre rendez-vous, elle a dit que je verrai le docteur Johnson.

Les joues de Charlie devinrent pourpres. D'accord, c'était officiellement ridicule. Il lui suffisait de rougir pour que tout mon sang aille à mon entrejambe. Si elle n'avait pas rougi, j'aurais peut-être cru son excuse.

— Oh, ce n'est rien. Juste un problème d'emploi du temps.

Je soutins son regard en prenant une lente gorgée de ma bière.

— Tu mens.

Je ne pouvais pas retenir le sourire amusé qui étirait le coin de mes lèvres.

Ses joues étaient tachées de rose, la couleur s'assombrissant au fur et à mesure qu'elle me regardait. Elle prit une grosse gorgée de vin et secoua la tête doucement. J'aurais tout donné pour grimper dans son esprit et voir ce à quoi elle pensait.

— Très bien. Je pense que c'est mieux si tu vois le docteur Johnson.

— Pourquoi?

Elle pinça les lèvres et plissa les yeux en me regardant. Je la poussais dans ses retranchements et je le savais très bien. Mais je m'en fichais. J'allais la forcer à m'expliquer.

— Jesse, tu sais pourquoi, murmura-t-elle rapidement avant de reprendre une gorgée.

— Non, pas vraiment en fait. Je ne te demanderais pas si je savais pourquoi.

Je ne savais pas pourquoi j'avais besoin qu'elle soit

claire avec moi là-dessus, mais j'en avais besoin. Je supposais que ça avait à voir avec le fait que je n'arrivais pas à penser à autre chose qu'elle, et que je voulais savoir s'il était possible qu'elle ait le même problème.

Elle regarda Emily et Waffle puis tourna la tête vers moi une nouvelle fois en tournant tout son corps dans ma direction.

— Jesse, est-ce que je dois te l'écrire? Tu m'as embrassée. Je ne peux pas avoir une relation professionnelle avec toi et t'embrasser, siffla-t-elle.

— Oh, il me semble que c'est toi qui m'as embrassé la première, contrai-je.

Elle cracha presque le vin qu'elle venait d'avaler. Elle attrapa un morceau de Sopalin sur le distributeur du comptoir. Après s'être rapidement essuyé les lèvres, elle essuya la goutte de vin qui lui était tombée dans le cou et roulait vers ses seins.

J'aurais tout donné pour lécher cette goutte. Même si j'avais des pensées cochonnes, je n'avais aucunement l'intention de faire quoi que ce soit devant un public.

— Très bien. C'est vrai, dit-elle rapidement comme si c'était la fin de notre conversation.

Oh, non, pas moyen. En soutenant son regard un long moment, je secouai la tête doucement.

— Pourquoi est ce que ça change quoi que ce soit? Si ce n'était qu'un baiser, tu n'as pas de raison de t'inquiéter. Je promets de rester parfaitement professionnel. À moins que tu espères plus...

Ses narines s'écartèrent alors qu'elle prenait une profonde inspiration, ce qui étira également son chemisier au niveau de ses seins. Ses tétons étaient pointés et se frottaient contre le tissu.

Après un instant, elle rit.

— Je ne peux pas avoir cette conversation. Pas maintenant.

Ça m'allait.

———

Je mis la dernière assiette dans le lave-vaisselle, m'arrêtant un instant pour admirer la vue que m'offrait Charlie, penchée en avant vers le lave-vaisselle pour mettre les couverts dans le panier. J'avais quelques idées en tête et je n'allais pas partir d'ici ce soir sans l'avoir goûtée.

La maison était calme. Charlie était allée voir sa mère un peu plus tôt et avait dit qu'elle dormait profondément, et Emily aussi était allée se coucher. Charlie se redressa et je lui tendis l'assiette. Après l'avoir mise dans la machine, elle ferma le lave-vaisselle et appuya sur le bouton pour le lancer. Un murmure emplit la pièce.

Elle se retourna vers moi et posa sa main sur le rebord du comptoir. Ses lèvres se séparèrent et lâchèrent un petit souffle. À un moment, alors que je devais être trop occupé à me retenir d'être inapproprié devant Emily, Charlie avait retiré les attaches de ses cheveux. Ils tombaient maintenant librement sur ses épaules. Elle s'était également changée, passant de son jogging à un pantalon en coton. Son pantalon pendait bas sur ses hanches et flottait au niveau de ses chevilles. Mais elle avait gardé son chemisier, ce qui me donnait terriblement envie de le déboutonner.

Je m'avançai pour effacer la distance entre nous. Je m'attendais à ce qu'elle s'éloigne peut-être de moi. Mais elle ne fit rien.

Elle me regarda simplement. Ses traits sévères s'étaient adoucis avec ses cheveux relâchés, et ses joues rosirent alors que nous nous regardions.

— Donc, je verrai le docteur Johnson à partir de

maintenant. Est-ce que ça veut dire que j'ai le droit à plus d'un baiser?

Ses joues rougissaient un peu plus à chaque mot qui sortait de ma bouche. Je pouvais voir son pouls s'accélérer le long de son cou. Avec n'importe quelle autre femme, je me serais dit qu'on prenait juste un peu de bon temps. Mais avec Charlie, je me sentais électrique. Mon désir pour elle était si intense que j'aurais besoin de me faire sacrément violence pour l'arrêter.

Elle attrapa le coin de sa lèvre avec ses dents, le mordillant. Je me dis qu'elle réfléchissait, mais ça ne faisait qu'encourager le besoin qui me ravageait. Elle croisa mon regard et je vis quelque chose briller au fond du sien. L'étincelle disparut aussi vite qu'elle était apparue mais mon cœur se serra. Ce besoin nouveau de la protéger, d'essayer de la soulager des poids qu'elle portait, monta en moi en réponse à ce que j'avais vu dans ses yeux.

— Ma vie est un peu compliquée, dit-elle enfin doucement.

— Comme tout le monde, non? contrai-je.

Un rire surpris lui échappa.

— Je suis quasi sûre que tout le monde ne vient pas de déménager à l'autre bout du pays pour faire plaisir à leur mère, avant de se rendre compte qu'elle était déjà trop sénile pour en profiter. Je suis aussi presque certaine que tout le monde n'apprend pas à devenir parent sur le tas, pour une gamine de quinze ans toujours de mauvaise humeur. C'est ça que j'appelle compliqué, dit-elle brutalement.

— Je sais tout ça, dis-moi quelque chose que je ne sais pas.

Je me demandais pourquoi je ne réagissais pas à ces détails. C'étaient les circonstances de sa vie, mais elles ne me secouaient pas. Au lieu de ça, elles ne faisaient que nourrir mon envie de la protéger, ce qui nourrissait mon désir pour elle.

Elle ne bougea toujours pas et soupira plusieurs fois. Ça prenait toute ma force de ne pas l'embrasser. Mais je me retins.

— Ce n'est pas assez? demanda-t-elle.

— Pour me faire fuir?

Un autre rire lui échappa. Elle attrapa le verre de vin presque vide sur le comptoir et avala la dernière gorgée. Une dernière goutte s'échappa, mais elle l'attrapa avec le bout de sa langue, ce qui ne fit que resserrer le besoin qui montait en moi.

— Je pense que tout homme sain d'esprit s'enfuirait, dit-elle enfin.

— Eh bah j'imagine que je suis fou, alors.

Je réduisis la distance entre nous et posai ma bouche sur la sienne. Au moment où mes lèvres trouvèrent les siennes, elle se tendit pendant un instant, l'air autour de nous était électrique, puis elle laissa échapper un gémissement grave, ouvrant sa bouche pour m'inviter à entrer. Sa main glissa vers mon cou pour s'accrocher à mes cheveux. Je passai ma langue dans sa bouche pour goûter cette chaleur délicieuse. On s'embrassa comme si on se dévorait, affamés l'un pour l'autre. J'avais prévu de ne rechercher qu'un baiser, pour apaiser le tambour de mon corps, mais cela devint bien plus que ça.

Car avec Charlie, il n'y avait jamais de plan. Quoi qu'il se passe entre nous, c'était une force que je ne contrôlais pas. En passant ma main dans ses cheveux, je lui dévorais presque la bouche. Je réalisai que j'étais fermement accroché au bord du comptoir. En relâchant ma main, je la passai le long de son dos pour pouvoir attraper son cul rond et lui enfoncer mon excitation.

Nous étions presque sauvages. Sa jambe s'enroula sur mon mollet, et elle se cambra vers moi. Sa main passa sous mon t-shirt, la sensation de sa paume contre ma peau jeta un millier de petits éclairs dans mon système nerveux.

Waffle aboya doucement, et le son m'atteignit à peine à travers le brouillard du besoin. Mon esprit était brouillé et je ne pouvais penser qu'à mon envie intense de prendre Charlie. En m'arrachant à notre baiser, je laissai mon front tomber sur le sien en murmurant :

— Je crois que Waffle a entendu quelque chose.

En ouvrant les yeux, je trouvai son regard brûlant qui m'attendait. Un petit son sortit de sa gorge, mon cœur battant fort contre mes côtes comme seule réponse. Elle rit, un gloussement gras.

Je revins à moi, levai la tête et regardai par-dessus mon épaule. J'avais dû rêver parce que Waffle dormait à nouveau, une de ses pattes s'agitant dans son sommeil.

— Je devrais...

La phrase de Charlie resta en suspens.

Je sentis qu'elle allait me dire qu'on ne devrait sûrement pas faire ça dans la cuisine alors que sa mère et sa nièce dormaient à l'étage.

— Marche avec moi, dis-je. Tu peux partir un moment, non?

Elle soutint mon regard, je voyais dans le sien qu'elle réfléchissait. Je ne savais pas ce qu'elle voyait. Tout ce que je savais, c'était que je la voulais. Après un moment, elle acquiesça.

— Pas trop longtemps. Em a quinze ans, elle serait ravie d'avoir la maison pour elle toute seule tous les soirs, et une fois que maman est au lit, elle dort dur. Mais pas trop longtemps, dit-elle prudemment.

Je levai la main pour écarter ses cheveux de ses yeux, croisant cette mèche violette.

— Je ne parlais pas de te faire dormir chez moi. Ma maison est à quinze minutes de marche. Tu peux ramener Waffle avec moi.

Nous parlions, mais il y avait beaucoup de silences. Je savais déjà ce que chaque silence voulait dire pour moi.

— D'accord, dit-elle doucement. Je peux ramener Waffle avec toi.

Alors que je passais mes doigts dans ses cheveux, j'attrapai la mèche violette et l'enroulai autour de mon doigt.

— Ça vient d'où ça?

— Emily me l'a faite. J'essayais de me rapprocher d'elle. J'aime bien, dit-elle avec un petit sourire.

— J'adore, répondis-je.

Je ne lui dis pas à voix haute que ça me faisait penser à l'embrasser.

À l'extérieur, elle était tendue, mais quand elle baissait sa garde, elle était chaleureuse comme un feu doux.

Chapitre Huit

CHARLIE

Nous marchions dans l'obscurité tombante alors que Waffle gambadait devant nous. L'air était frais, l'hiver s'accrochait encore, laissant le moins de place possible au printemps pour aussi longtemps qu'il le pouvait.

Les étoiles illuminaient le ciel, brillant comme des diamants. Nos souffles formaient une vapeur dans l'air. J'avais tellement chaud à l'intérieur que je remarquais à peine le froid. Je me demandais si j'avais perdu la tête.

Une petite partie de mon cerveau me hurlait que je devais rentrer immédiatement. La partie la plus rationnelle me rappelait que j'allais au boulot tous les jours et qu'Emily allait à l'école. Je pouvais m'éloigner quelques minutes. En sachant que j'avais fait installer une alarme à la maison qui m'alertait sur mon téléphone dès qu'une porte était ouverte, je savais que je pouvais partir. Em était tout à fait d'accord aussi. Je savais que je n'avais aucune raison d'avoir peur qu'elle essaie de sortir en douce.

Donc j'imaginais que j'étais complètement terrifiée parce que le besoin qui coulait dans mes veines était d'une intensité nouvelle pour moi. Ça venait d'une partie de moi que j'avais éteinte si fermement après la mort de mon père et celle de ma sœur. Ajouté à cela la charge de maintenir en place ce qu'il restait de ma famille. C'était un vrai fatras.

Ce sentiment de liberté m'avait vraiment manqué. Alors que la main chaude de Jesse agrippait la mienne, d'une prise ferme et forte, je marchais simplement avec lui. Nous n'avions pas encore reparlé. Je voulais me jeter dans ce feu qui brûlait entre nous et tout oublier, juste pour un moment, me débarrasser de la fatigue que je portais.

Je ne doutais pas de sa parole, mais je fus quand même surprise quand on entra dans une clairière après quelques minutes. Il y avait un chemin entre nos maisons à travers les arbres. Je supposais qu'il était là depuis longtemps et que tous les voisins voyageaient entre les maisons.

Comme s'il pouvait lire dans mes pensées, il dit :

— C'était un chemin de ski. Ça continue de l'autre côté de ta maison aussi. Cette zone n'appartenait qu'à une seule famille, à l'époque.

Il s'arrêta en désignant la direction dans laquelle le chemin s'arrêtait.

— Il y avait des pistes partout et ils laissaient les gens skier ici. C'était avant même que j'emménage ici, mais j'ai appris ça quand j'ai acheté ma maison.

En acquiesçant, je regardai le ciel étoilé et pris une grande bouffée d'air frais. Une demi-lune se tenait au-dessus des montagnes au loin, jetant une lumière argentée assez puissante pour dévoiler la forme des montagnes même dans la nuit noire.

Waffle était partie devant et nous attendait sur le porche. Il y avait juste assez de lumière pour que je puisse distinguer sa maison dans la nuit. Elle était de taille moyenne et sur un seul étage. Le toit montait en une pyramide centrée sur la maison. Sans lâcher ma main, Jesse m'emmena à travers le jardin jusqu'au porche. De grandes baies vitrées accompagnaient le porche, coupées par une double porte au centre.

Il ouvrit la porte et Waffle se jeta dans la maison. Alors qu'on entrait, deux lampes sur le mur du fond et une lampe au plafond s'allumèrent, donnant un air chaleureux à la pièce. J'imaginais que les lampes étaient montées sur un détecteur de mouvement. J'absorbais la pièce des yeux. On entra dans le salon. Il y avait un canapé d'angle et une télévision murale d'un côté et un poêle à bois dans le coin du fond.

De l'autre côté, le parquet en bois rencontrait le carrelage de la cuisine. Un comptoir épousait le mur du fond, avec un évier central, un lave-vaisselle d'un côté et un réfrigérateur de l'autre. Du côté opposé, il y avait un îlot incurvé qui servait à séparer les deux pièces. D'un côté il y avait la gazinière et le four, et de l'autre des tabourets.

Les couleurs étaient simples, tout dans un gris pâle. En croisant son regard, je souris.

— C'est joli, dis-je, ma voix me paraissant forte dans cette pièce silencieuse.

Il haussa les épaules.

— Merci. Je l'ai fait construire par une équipe locale, Amelia et Lucy. Elles gèrent Kick Ass Constructions et ce sont des amies.

J'avais vu des panneaux de la compagnie en ville, mais je ne savais pas qu'elle était gérée par des femmes. Je ris, l'idée me plaisait.

— Eh bien, elles font du bon boulot, dis-je en regardant le reste de l'espace.

Au fond de la pièce, il y avait une porte et un petit couloir qui menait à plusieurs autres portes.

Quand mes yeux se posèrent sur Jesse encore une

fois, son regard s'assombrit.

— Donc... dit-il doucement.

Je ne savais pas quoi dire, mais le son de sa voix suffisait à me mettre dans tous mes états.

Waffle trotta jusqu'à son bol d'eau dans la cuisine. Après avoir lapé quelques gorgées rapidement, elle partit vers le couloir en balançant sa queue. Elle disparut à travers une porte. Jesse attrapa mon regard, sa bouche s'arrondissant en un coin et créant un assaut de papillons dans mon ventre.

— Elle aime bien le lit de la chambre d'amis, dit-il avec un petit rire. C'est quasiment son lit.

— Oh.

Ce fut ma réponse époustouflante.

Ma peau brûlait rien qu'à être près de lui. Un sentiment troublant d'incertitude se mêlait à ça. Mon esprit était tellement habitué à ce que je m'inquiète en permanence, à propos de mon boulot, de ma mère, d'Em. Me relâcher, même pendant un court instant, me paraissait étrange. Le hamster dans mon cerveau avait l'habitude de faire des heures supplémentaires sur sa petite roue de pensées. Je me demandai si je me rappellerais comment faire ce que nous faisions. Quoi que ce soit qui se rapproche de près ou de loin à du désir.

J'espérais que c'était un peu comme faire du vélo.

Je ne réalisai pas que j'avais dit ça à voix haute jusqu'à ce que le sourire de Jesse s'étende pour faire trois fois le tour de sa tête.

— Je pense que ça l'est, murmura-t-il.

Son regard explora mon visage, et son sourire disparut légèrement.

— Je peux te raccompagner chez toi, dit-il, d'un ton grave et silencieux.

En soutenant son regard, j'essayai de prendre une

petite inspiration. Mais je n'arrivais pas à faire entrer beaucoup d'air dans mes poumons quand mon cœur battait si fort contre mes côtes. Je réalisai qu'il remarquait mon stress. Et comme c'était un gars bien, il me donnait une issue de secours, une issue facile.

Bien que mon anxiété soit profonde, je n'arrivais pas à surpasser le besoin qui coulait en moi comme une rivière printanière. J'avais regardé l'eau se jeter d'une falaise dans la montagne l'autre jour, et j'avais été impressionnée par la force et la vitesse du courant. C'était ce que je ressentais en moi. Comme si mon corps avait été gelé et silencieux pendant longtemps et maintenant il lâchait tout ce qu'il avait et se libérait.

Même si ce n'était qu'une fois, même si ça rendait les choses gênantes après, je pouvais me laisser aller. Parce que rien n'avait traversé mes défenses comme Jesse. En le regardant, je secouai la tête.

— Non, tu peux me raccompagner plus tard.

Puis j'attrapai sa main et le tirai vers moi.

Et rien qu'avec ça, j'oubliai tout le reste.

Nos bouches s'écrasèrent l'une contre l'autre, et c'était comme me jeter dans des flammes féroces. On se dévora presque l'un l'autre. Pour moi, c'était un besoin intense, maître, que je n'avais que pour lui. Mon désir s'écrasait contre la réalité que je n'avais rien fait avec qui que ce soit depuis plus de trois ans, que mes seules activités sexuelles avaient été solo. Je lui montai dessus comme à un arbre, ma main passant le long de sa nuque pour attraper ses cheveux bouclés. J'enroulai ma jambe autour de son mollet alors que mes mains s'occupaient d'explorer son torse. C'était un sacré homme, tout en muscles.

Jesse était tout aussi gourmand que moi, sa langue traversait ma bouche avec un grognement grave alors qu'il me maintenait en place et m'embrassait comme si sa vie en dépendait. Tout dans cet instant semblait centré autour de ce feu entre nous. C'était musclé, un baiser presque douloureux. Je sentis la douleur sur mon crâne quand sa main s'emmêla dans mes cheveux. Quand il se libéra, il déposa des baisers humides le long de mon cou, électrifiant tout mon corps.

Ma culotte était trempée et je balançai mes hanches pour soulager l'envie qui s'accumulait dans mon centre. En sentant son excitation au sommet de mes cuisses, j'étais sur le point de crier quand il passa sa main le long de mon dos pour attraper mes fesses et me soulever pour me presser contre lui.

Il me portait facilement, mais là encore ce n'était pas surprenant. Cet homme était d'une masculinité pure. Il murmura quelque chose contre ma peau, la sensation de ses lèvres qui bougeaient suffit à attiser les flammes en moi.

— Quoi? gémis-je.

Il leva la tête alors qu'il se tournait et me transportait vers le canapé.

— J'ai dit que mon épaule allait mieux. Ça se voit non?

L'étincelle diabolique dans ses yeux et la courbe de ses lèvres me mirent dans tous mes états, un désir fou me traversait. Chaud et intense.

Je ris doucement.

— On dirait. Ça fait presque deux semaines.

— Si Doc ne dit pas que je peux retourner au boulot quand je le vois, je lui dirai de te parler, dit-il, joueur.

Je réussis à le taquiner en retour.

— J'imagine que j'ai eu raison de lui transférer ton dossier.

Les yeux de Jesse s'assombrirent. Il se pencha en avant alors qu'on atteignait le canapé, posant mes hanches contre le dossier. Mes genoux s'ouvrirent et il s'installa entre mes jambes. Il jeta un regard vers le bas et je sentis la brûlure de son regard sur mes seins. Mes tétons se serrèrent en pointant juste pour lui. Ses doigts relâchèrent leur prise dans mes cheveux, caressant le côté de mon cou puis entre mes seins. Il s'occupa rapidement de mon chemisier.

— J'ai eu envie de déboutonner ce truc toute la soirée, murmura-t-il, et le côté brut de son ton ne fit qu'alimenter l'envie en moi.

Je lâchai une respiration surprise quand mon chemisier tomba au sol et que l'air frais agressa ma peau, faisant pointer mes tétons si fort qu'ils me faisaient mal. Il caressa la soie de mon soutien-gorge, un toucher doux qui enflammait ma peau. Je criai quand il pinça mon téton.

— Charlie... murmura-t-il.

En me forçant à lever les yeux, je trouvai son regard vert sombre qui m'attendait, comme un miroir du désir que je ressentais. J'avais beau me sentir complètement hors de contrôle, ça me faisait plaisir de voir qu'il était dans un état similaire.

En passant son doigt autour de mon téton, il me regarda me cambrer contre lui puis posa ses lèvres sur les miennes à nouveau. Avec une caresse de son pouce, mon soutien-gorge tomba et mes seins se libérèrent de leur prison de soie chaude, serrée et douloureuse.

J'avais besoin de plus. J'avais besoin de le sentir contre moi.

Les quelques moments qui suivirent furent une course alors que je tirais sur son t-shirt et qu'il passait la main dans son dos pour soulever le tissu en un grand coup. En quelques secondes, son t-shirt tomba au sol avec mon chemisier. Il me souleva du canapé en me tenant contre lui avec un seul bras (car il était assez fort pour le faire) et arracha mon pantalon. Alors que j'éloignais mon pantalon avec mes pieds, il me reposa sur le canapé. Une fois encore, il se tenait entre mes jambes, sa peau chaude contre mes seins.

La sensation de tous ses muscles pressés contre moi me rendait folle. Je m'accrochai à lui et me cambrai contre lui, presque frénétique de luxure.

Je ne savais si c'était parce que ça faisait longtemps que je n'avais pas fait ça, ou si c'était l'attirance que je ressentais pour lui qui me brûlait si intensément. Tout ce que je savais, c'était que j'avais besoin de lui plus que tout et que je brûlais d'envie. Il n'y avait rien d'élégant dans ce processus. J'arrachai les boutons de sa braguette alors qu'il passait ses doigts sur la soie entre mes cuisses. J'étais trempée de besoin, la culotte dégoulinante.

Je criai quand il poussa la soie de côté, ses doigts caressant mes plis avant de s'enfoncer en moi. J'étais serrée et je m'en fichais. J'avais besoin de plus. En passant ma paume sur son caleçon, j'écartai son jean. Quand je plongeai ma main dans son caleçon et le fis glisser sur ses hanches, pour enrouler ma paume autour de sa queue, il marmonna quelque chose contre ma peau alors que ses dents se refermaient sur mon téton. Il marmonnait des mots cochons.

— Charlie, tu es putain de sexy...

Ses mots se perdirent dans un grognement. Je n'avais pas l'habitude d'être décrite comme ça. J'adorais ça. Alors qu'il faisait des va-et-vient avec ses doigts, le plaisir montait en moi. Tout ce qu'il disait ne faisait que jeter de l'huile sur le feu, et les flammes me ravageaient.

— Tellement mouillée, je suis trop pressé de sentir ça autour de ma bite...

Je chevauchais sa main, j'enfonçais mes hanches

contre lui. Son pouce fit le tour de mon clitoris en appuyant et je me brisai en deux, m'empêchant tout juste de hurler son nom alors que je me resserrais sur ses doigts. Mon orgasme m'envahit et le plaisir se répandit partout dans mon corps en de petites étincelles. J'étais presque molle quand j'en eus terminé, à me recroqueviller contre lui.

Puis il me prit dans ses bras pour faire le tour du canapé d'angle et s'asseoir toujours en me gardant recroquevillée sur ses genoux. Il sortit un préservatif après avoir réussi à arracher son portefeuille de la poche de son jean puis retira complètement son caleçon et l'enfila en un temps record.

Mon cerveau était dans un flou de plaisir et de passion. Alors que le désir coulait encore dans mon corps, je me forçai à ouvrir les yeux. Le simple fait de le regarder suffit à raviver le feu en moi. Il était tellement beau avec ses bouclettes lourdes, ses yeux vert sombre et ses traits francs.

Je baissai les yeux pour savourer la vue de son torse musclé. Pendant ces quelques moments volés, il était tout à moi. Je passai ma main le long de sa mâchoire et sur son torse. Sa respiration siffla entre ses dents alors que je passais mes doigts sur ses abdos et attrapai doucement sa queue.

— J'ai besoin de te prendre, murmura-t-il d'une voix tendue.

Je me redressai, ce qui le prit par surprise. Il positionna sa queue devant moi en la poussant un peu vers moi. Je m'enfonçai doucement vers le bas, prenant chaque centimètre dans mon trou serré et gémissant alors qu'il me remplissait. C'était serré mais c'était tellement bon. L'étirement délicieux de son membre en moi me ramena encore une fois au bord de l'orgasme.

Chapitre Neuf

JESSE

Charlie s'enfonça sur moi, m'avalant en elle jusqu'à son centre, centimètre par centimètre. Chaque millimètre plus serré, chaud et glissant que le dernier. Elle était trempée et je glissais facilement.

— C'est tellement bon, putain, murmurai-je.

En la regardant, je profitais de la vue. Elle était magnifique. Ses cheveux sauvages tombaient sur ses épaules, et ses seins jouaient à cache-cache avec ses longues mèches noires. Je ne pouvais pas dire ce à quoi je m'attendais avec elle, mais ce n'était certainement pas quelque chose comme ça, de fou, hors de contrôle.

Ses hanches s'installèrent sur moi quand je me retrouvai enfin enfoncé jusqu'à la garde en elle. Je voulais la voir exploser encore une fois, parce que regarder son dernier orgasme était la chose la plus sexy que j'avais jamais vue. Je me forçai à rester en place pour m'accrocher au peu de contrôle que je maintenais, qui me permettait de ne pas exploser moi-même tout de suite.

Après un instant, je fis glisser mes mains sur ses côtes et attrapai ses hanches. Elle commença à bouger doucement et je me balançai avec elle. En quelques secondes, j'étais envahi de plaisir, et ça montait en moi de plus en plus vite. Elle me chevauchait, montait, descendait, tout en vibrant sur moi.

Ses seins se frottaient à mon torse alors que j'essayais de me retenir. Ma tête tomba en arrière dans un grognement. J'étais proche de la fin, mais je ne voulais pas lâcher avant qu'elle ait joui une nouvelle fois. Je passai la main entre nous pour appuyer mon pouce sur son clitoris. Elle hurla, cambra son corps complètement alors que je la sentais se resserrer fort sur mon membre et m'entraîner avec elle.

Je me lâchai vite, à bout de souffle alors que je m'entendais appeler son nom de loin. Elle tomba sur moi, posa sa tête dans le creux de mon cou. J'avais l'impression d'avoir couru un marathon. J'arrivais à peine à reprendre mon souffle alors que j'écoutais le sien s'écraser contre ma peau.

Après quelques instants, je sentis Charlie lever la tête. Ses cheveux s'échappèrent de mes doigts et ses yeux trouvèrent les miens. Je n'étais pas certain de ce que son expression me disait.

— Eh bah, dit-elle doucement.

— Eh bah, c'est le mot, répondis-je.

On se regarda pendant un long moment avant qu'elle ne se redresse. Je découvris que je ne voulais pas qu'elle bouge. Du tout.

Je n'étais pas préparé pour tout ça. Je ne m'étais certainement pas préparé à ce petit interlude du soir. Même si je n'allais pas prétendre que je n'en avais pas eu envie. Désespérément. Et pourtant, je me retrouvais maintenant face à la partie potentiellement gênante. Pas pour moi, mais je voyais que c'était peut-être gênant pour Charlie.

— Je te raccompagne, dis-je.

Elle écarquilla ses yeux gris avec une pointe de violet.

— Tu n'es pas obligé. Je suis juste à quelques minutes.

— C'est sans doute mieux. Je n'ai pas peur que tu te perdes, mais il y a des élans et des ours dans le coin. Si on est deux, on se fera sans doute moins embêter.

Elle écarquilla encore les yeux, puis elle sourit. Mon cœur frappa en plein dans mes côtes. J'adorais la voir sourire. Elle resta assise sur mes genoux alors que j'étais encore enfoui en elle, ses tétons roses et tendus, et ses cheveux ébouriffés. Elle était tout ce dont j'avais envie et bien plus encore.

— Mais ensuite tu rentreras seul, contra-t-elle.

— On prendra Waffle avec nous.

Elle rit et je me dis que je voulais l'entendre rire plus souvent. Elle se leva doucement. On se démêla avant de nous rhabiller.

En peu de temps, nous sortions de chez moi avec Waffle, que j'avais dû tirer du sommeil. Elle avait l'air perdue au début, puis dès que je m'étais dirigé vers la porte, elle avait bondi et s'était vraiment réveillée. Nous marchions sous les étoiles, nos souffles s'évaporant dans l'air du printemps. Je laissai Charlie devant sa porte, incapable de résister à l'envie de l'embrasser une dernière fois.

Une fois chez moi, je m'endormis avec le goût de ses lèvres sur les miennes.

———

Quelques jours plus tard, j'allais au cabinet pour mon rendez-vous avec le docteur Johnson. Je vis Charlie entrer dans l'une des salles d'examen avec un autre patient. Je croisai son regard brièvement, ses joues devinrent roses avant qu'elle ne se détourne.

Même si j'aurais vraiment préféré la consulter elle, pour mon épaule, je comprenais qu'il était logique de sa part de poser cette limite. Elle était très professionnelle. Depuis la rencontre de nos corps, j'avais eu envie d'aller chez elle tous les jours. La seule chose qui m'avait retenu était la réalité : elle ne vivait pas seule. Non pas que j'aie un problème avec sa nièce ou sa mère, mais ce n'était pas comme si je pouvais simplement débarquer et la coucher sur la table comme j'en avais envie.

Au moment où le docteur Johnson entra dans la pièce où j'attendais, il haussa les sourcils et me regarda.

— Je ne sais pas comment tu t'es retrouvé à revenir dans mes dossiers, mon garçon, dit-il d'un ton bourru.

Je haussai les épaules, choisissant de rester vague.

— J'imagine que la docteure Lane était occupée.

— Évidemment qu'elle est occupée, marmonna-t-il. Laisse-moi voir cette épaule.

Il fit bouger mon épaule deux ou trois fois et me fit faire un test de force. Je ne ressentais aucune douleur. J'avais même l'impression d'être un peu plus fort qu'avant. Je pris ça comme un bon signe. Il me posa quelques questions pour prendre des nouvelles de ma vie, et je pris ça comme l'occasion parfaite de voir ce qu'il pourrait me dire sur Charlie.

— Depuis combien de temps la docteure Lane travaille ici?

— Six mois, à peu près. J'espère prendre ma retraite l'année prochaine donc j'espère qu'elle va rester. On cherche encore quelqu'un d'autre pour aider.

Il y eut un coup à la porte, et l'infirmière passa la tête par l'ouverture pour dire à Doc que son prochain patient était là. Il me dit au revoir, m'assurant que j'étais prêt pour reprendre le travail complètement, puis partit. Alors que je traversais le hall, mes yeux se posèrent sur la porte qui menait au bureau de Charlie. En regardant autour de moi, je remarquai qu'il n'y avait personne dans le couloir. Je frappai doucement avant d'entrer en espérant l'y trouver. J'avais de la chance. Elle était à côté de son bureau, la main posée sur le bord alors qu'elle parlait au téléphone.

— Em, je dis juste qu'avant d'accepter que tu passes la nuit là-bas, je veux parler à sa mère.

Je n'entendais pas l'autre partie de la conversation, mais je pouvais imaginer les arguments d'Emily. C'est à ce moment-là que Charlie se retourna, écarquillant les yeux alors qu'un rouge profond s'installait sur ses joues.

— Em, je dois y aller. Je te rappelle dans pas longtemps.

Elle raccrocha rapidement, jetant son téléphone sur le bureau.

— Oh mon dieu, à l'entendre, on croirait que c'est la fin du monde, dit-elle avec un soupir alors qu'elle remontait ses lunettes sur son nez.

J'avais oublié à quel point j'aimais ses lunettes. En me secouant, je me forçai à me concentrer.

— Qu'est-ce qu'il se passe?

Charlie appuya ses hanches contre son bureau, pour me faire face plus pleinement.

— Elle veut passer le week-end chez une amie, mais je n'ai pas eu l'occasion de parler aux parents donc... Bref, je te laisse imaginer comment elle l'a pris. Je vais devoir trouver leur numéro et les appeler. J'adorerais qu'elle passe le week-end avec une amie. Je dois juste être responsable. Elle dit que c'est chiant et malpoli.

— C'est quoi le nom de son amie?

— Kayla Becker.

— Oh, je connais ses parents. Ce sont des gens bien. Attends, j'ai même peut-être leur numéro.

— Comment...

Sa question resta en suspens alors que je relevais les yeux vers elle.

— J'ai vécu ici plus longtemps que toi, et je suis pompier. On connaît tout le monde.

Elle rit.

— Ah ouais?

— Ça vient avec le boulot. Ils n'habitent pas loin de chez mes parents, d'ailleurs.

Je fis le tour de mes contacts et lui dictai le numéro quand je le trouvai.

— Laisse-moi les appeler tout de suite et je te présente.

Je n'attendis pas que Charlie réponde pour appeler. Janice, la mère de Kayla, répondit.

— Salut Janice, c'est Jesse. J'ai une question un peu bizarre, mais Charlie Lane est la tante d'Emily...

Je m'arrêtai et regardai Charlie en me demandant si elle et Emily avaient le même nom de famille. Charlie murmura « Lane ».

— Bref, apparemment, Kayla lui a proposé de passer le week-end chez vous. J'ai dit à Charlie que j'avais ton numéro donc j'ai appelé.

Janice rit.

— Oh, parfait. J'allais demander à Kayla d'appeler la mère d'Emily. Mais tu dis que c'est sa tante?

Il me manquait un très gros morceau de l'histoire sur comment Charlie s'était retrouvée à s'occuper de sa nièce. Je savais que sa sœur et son père étaient morts, mais c'était tout. Et je ne pensais pas que c'était à moi de raconter quoi que ce soit.

— Et si je te la passais simplement? Je me suis dit que je pouvais vous mettre en contact.

Charlie prit le téléphone et discuta avec Janice. Après quelques minutes de discussion, Charlie disait à Janice à quelle heure elle déposerait Emily. Après avoir raccroché, elle me rendit le téléphone et soupira.

— Merci. Maintenant, je peux donner la bonne nouvelle à Em. Je vais l'appeler tout de suite, si tu veux bien.

— Bien sûr.

Vu que j'étais entré dans son bureau sans permission, j'étais déjà content qu'elle ne m'ait pas encore jeté dehors. J'avançai vers la fenêtre en regardant les montagnes au loin. Charlie appela Emily, et rien qu'au ton de sa voix, je pouvais entendre qu'Emily était contente de la tournure que prenait son week-end.

Après avoir raccroché, Charlie vint se tenir à côté de moi à la fenêtre, en se tournant légèrement pour s'appuyer contre le cadre. Je me demandais depuis des jours comment mon corps réagirait quand je la reverrais. Je m'étais dit que j'avais peut-être évacué mon envie d'elle. Mais pas du tout. Même là, en blouse blanche qui cachait son délicieux corps, elle était canon.

Ses cheveux étaient serrés dans une queue de cheval, cette mèche violette presque invisible parmi les mèches noires. Elle ajusta ses lunettes à nouveau et tout mon sang se dirigea vers ma queue.

Merde. Ce n'était pas du tout ce à quoi je m'attendais. Mais Charlie Lane elle-même n'avait rien à voir avec ce à quoi je m'attendais.

— Tu ne t'y connaîtrais pas en Festival des Oiseaux par hasard? dit-elle.

Le changement de sujet soudain me prit par

surprise. En essayant de rassembler mes pensées, je hochai la tête.

— Si. C'est un festival d'observation d'oiseaux annuel, à Diamond Creek. C'est à quatre heures au sud d'ici, en gros. Pourquoi tu demandes?

— Ma mère adore les oiseaux, et elle veut y aller. Je crois que c'est ce week-end, dit-elle avec un sourire déçu.

— Je t'emmène. Ça fera une sortie sympa.

Charlie me regarda pendant un instant, les yeux perdus et lâchant un petit rire.

— Tu es sérieux?

Je ne savais pas pourquoi, mais ça m'énervait vraiment qu'elle soit si surprise que je propose ça. Peut-être qu'on était partis d'un mauvais pied elle et moi, quand je l'avais rencontrée pour mon épaule blessée. Je l'avais vue comme un obstacle qui se tenait entre moi et mon travail. Mais j'étais un bon gars. Et ça me faisait plaisir de les emmener. La route était magnifique.

— Bien sûr que je suis sérieux, répondis-je en ignorant la question qui trottait dans ma tête.

Je venais de proposer quelque chose qui pouvait être vu comme un rendez-vous galant. Je n'avais pas cessé de penser à Charlie depuis l'autre nuit. La seule chose qui faisait que ce n'était pas un rendez-vous romantique était le fait que sa mère nous accompagnerait. Et pourtant, ça rendait la chose presque plus intime.

Rien de tout ça n'était habituel pour moi.

Charlie plissa les yeux, son regard devenant sérieux.

— Écoute, c'est gentil de proposer, mais on parle de ma mère là. Ça me paraît...

Je secouai la tête vivement, la coupant dans sa phrase.

— La route est splendide. On peut déjeuner là-bas et y passer la journée. Ça me fait plaisir. Crois-moi. Si ta mère veut y aller, elle devrait pouvoir y aller.

Je ne remarquai pas l'évidence à voix haute. Mais c'était peut-être la dernière année où la mère de Charlie serait en état d'y aller.

Charlie resta silencieuse puis un petit sourire apparut sur son visage.

— D'accord. Ma mère sera très heureuse, et je n'ai aucune idée d'où je vais.

Chapitre Dix

CHARLIE

— Emily, on y va, appelai-je vers les escaliers.

Je mis la dernière assiette dans le lave-vaisselle et le fermai avant de monter à l'étage pour voir comment allait ma mère. En passant la tête par l'ouverture de la porte de sa chambre, je la trouvai endormie.

Je me demandai s'il valait mieux la réveiller pour l'emmener avec nous. Même si l'amie d'Emily n'habitait pas très loin, je m'inquiétais toujours quand ma mère était seule à la maison. Même avec l'alarme enclenchée sur la porte, je m'inquiétais. Heureusement qu'elle restait autonome sur ses besoins quotidiens. Elle n'avait aucun mal à se doucher, à s'habiller et à se nourrir. La plus grande peur que j'avais était qu'elle sorte de la maison.

Elle dormait profondément cependant, et dormait de plus en plus ces jours-ci. Mon cœur se serra de tristesse, et je fermai doucement la porte. Ce n'était pas une surprise qu'elle dorme plus, considérant son état mental, mais chaque nouveau symptôme me rappelait son état et où ça finirait. Et ça me faisait mal au cœur. J'écris un message sur un morceau de papier et le laissai sur le comptoir au cas où elle descendrait pendant que j'étais partie avec Emily.

En remontant à nouveau, j'entendis Emily s'agiter dans sa chambre et j'allai frapper à la porte.

— Entrez, dit-elle.

En ouvrant la porte, je la trouvai debout devant son lit, les mains plongées dans son sac à dos.

— Prête? demandai-je.

Elle leva les yeux.

— Je trouve pas mes écouteurs.

— Tu as besoin de tes écouteurs?

Em soupira puis hocha rapidement la tête.

— Évidemment que j'ai besoin de mes écouteurs.

Je n'étais pas complètement perdue en matière de technologie, mais je ne comprenais quand même pas comment les adolescents d'aujourd'hui pouvaient traîner ensemble, les yeux collés au téléphone et sans quasiment se parler.

— C'est où le dernier endroit où tu les as vus?

On fit rapidement la liste des choses qu'elle avait faites cet après-midi, et elle les trouva dans la salle de bains. J'eus même le droit à un câlin pour l'avoir aidée. C'était un sacré cadeau après ses silences lourds habituels, donc je la serrai fort avant de reculer.

— OK, allons-y.

En chemin vers chez sa copine, Emily était silencieuse, le regard tourné vers la fenêtre. J'étais folle de joie qu'elle se soit trouvée une amie. Je voulais le lui dire, mais je savais qu'elle n'aimait pas les commentaires sur sa vie sociale.

— Qu'est-ce que tu vas faire ce week-end? demanda-t-elle sans prévenir.

Sa question me surprit.

— Je vais emmener ta grand-mère au Festival des

Oiseaux dans le Sud, celui dont elle parlait. Jesse a proposé de nous emmener.

J'arrivai à un stop, et je sentis le regard d'Emily sur moi. En la regardant, je trouvai deux soucoupes plantées sur mon visage.

— Quoi?

— Wow, dit-elle simplement.

— Comment ça?

— Eh bah, c'est un truc.

— Un truc?

Elle hocha la tête vigoureusement.

— Ouais, ouais. Il t'aime bien. Je n'arrive pas à croire qu'il vous y emmène. C'est, genre, vraiment sympa.

Je sentis mes joues se réchauffer. Car, que Jesse m'aime bien ou non, je n'arrivais pas à arrêter de penser à la nuit dernière. J'arrivai à garder une expression calme, d'après moi du moins. Je haussai simplement les épaules. Ses yeux s'élargirent et un sourire débuta au coin de ses lèvres.

Je continuai à conduire. En suivant les indications de Janice, j'arrivai rapidement dans l'allée de leur maison.

— Est-ce que vous êtes, genre, ensemble? demanda Em.

En prenant une grande inspiration, je secouai la tête.

— Il nous emmène juste au Festival des Oiseaux. Ce sera amusant pour grand-mère et c'est tout ce qui compte.

L'allée traversait les arbres pendant un moment. Emily resta silencieuse un instant avant de reprendre la parole :

— Tu penses qu'il lui reste combien de temps avant de ne plus pouvoir faire des trucs de ce genre?

L'allée se termina en un cercle devant une maison. En arrêtant la voiture, je la regardai.

— Je ne sais pas, dis-je doucement alors que ma gorge se serrait de tristesse.

Ce n'était pas le même deuil que ce que j'avais ressenti en voyant mon père mourir ou ma sœur disparaître face à son cancer. J'avais l'impression de dire au revoir à ma mère bout par bout.

Les yeux d'Emily se remplirent de larmes. Je passai au-dessus du frein à main pour la prendre dans mes bras. Elle ne me résista pas et me serra fort. En se reculant, elle renifla et ouvrit la boîte à gants.

— Pourquoi ça s'appelle une boîte à gants? demanda-t-elle soudainement.

Je la regardai et ne pus m'empêcher de rire. Elle avait besoin d'une excuse pour changer de sujet, et c'était son excuse.

— Parce que quand ils ont inventé les voitures, les gens portaient des gants pour conduire et ils les rangeaient dans la boîte à gants.

Mon explication sembla lui plaire, elle sourit largement et se moucha avant de passer sa manche sur ses yeux.

— D'accord. Merci de me laisser passer la nuit ici.

— C'est tout le week-end. Tu te souviens?

Elle sourit encore plus grand.

— Je sais.

Elle se pencha vers moi pour m'embrasser sur la joue avant de descendre de la voiture. En la regardant s'éloigner, mon cœur se serra. Je n'étais pas prête à devenir parent avant de me retrouver en charge d'Emily, et j'espérais qu'elle s'en sortirait malgré mon improvisation forcée.

———

Plus tard ce soir-là, je m'occupais dans la cuisine quand quelqu'un frappa à la porte. J'allai ouvrir et tombai sur Jesse. À l'instant où je le vis, je ressentis des papillons. Parce que j'étais ridicule.

— Salut, dis-je, surprise de réussir à ouvrir la bouche.

Il sourit, ce qui fit battre mon cœur plus fort alors qu'une chaleur s'accumulait dans mon ventre.

— Je me suis dit que j'allais passer pour voir à quelle heure tu voulais partir demain, dit-il en toute simplicité.

Je décidai de ne pas lui faire remarquer qu'il aurait pu se contenter de m'appeler ou de m'envoyer un SMS. En reculant, je lui fis signe d'entrer.

— Où est Waffle?

— Elle dort, dit-il avec un petit rire. Certains jours, elle passe la journée chez un ami à moi qui a un de ses chiots. Ça la fatigue toujours.

— Des chiots?

— Oh oui. Quand je l'ai adoptée, je me suis rendu compte qu'elle était enceinte. Ses petits chiots sont partout en ville, et certains sont allés chez des amis à moi.

— Ah.

Une fois de plus, je contribuais grandement à cette conversation.

— Où est ta mère?

— Elle dort. Elle dort beaucoup.

Wow. Deux phrases, dont une qui n'était que deux mots.

Nous étions toujours devant la porte. Il enfonça une main dans sa poche en passant la deuxième dans ses cheveux.

— J'imagine que c'est une bonne chose, non?

Je haussai les épaules.

— Je n'ai pas besoin de m'inquiéter. Emily est chez sa copine et ça la rend super contente.

En me détournant, ne serait-ce que pour faire quelque chose, j'avançai vers la cuisine.

— Tu veux quelque chose à boire?

— Pourquoi pas, répondit-il. De la bière, si tu as.

— Bien sûr que j'en ai.

Je lui attrapai une bière alors que je me servais un verre de vin. Il s'installa sur l'un des tabourets de bar que j'avais dans la cuisine et je le rejoignis, en prenant une gorgée de vin alors que je me demandais ce qu'il adviendrait de nous.

— Alors, à quelle heure devrions-nous partir demain? demandai-je.

— Eh bien, j'ai regardé le programme. Je pense qu'on devrait partir tôt si tu en es capable, vers six heures, répondit-il avec une étincelle dans les yeux.

Je pris une gorgée de vin avec un sourire aux coins des lèvres.

— Bien sûr que j'en suis capable. Je faisais des gardes de dix-huit heures pendant mon internat et je dormais à l'hôpital, bon sang. Je peux me lever à six heures. Je me lève toujours tôt de toute façon.

— Et ta mère? demanda-t-il avant de prendre une gorgée de sa bière.

Mes yeux tombèrent sur ses doigts, et je me rappelai quand ils étaient enfouis en moi. Cette simple pensée m'emplit d'un besoin humide. J'oubliai la question qu'il avait posée jusqu'à ce qu'il hausse un sourcil et penche la tête.

— Oh ça ira. Même si elle n'est pas réveillée quand on est prêts à partir, elle se lève facilement. Elle sera douchée et habillée un quart d'heure après que je la réveille.

— Parfait donc. Je me dis qu'on y sera vers dix

heures. On peut passer la matinée au truc des oiseaux, déjeuner quelque part sur le port puis partir vers seize heures. Ce qui nous ramène ici avant qu'il soit trop tard dans la soirée.

— Il y a un port?

Jesse lâcha un sourire.

— Bien sûr : le port d'Otter Cove. Diamond Creek est sur la baie de Kachemak, avec beaucoup de bateaux qui entrent et sortent du port toute la journée. Je pense que la plus grande partie du Festival des Oiseaux prend place sur les plages du port. C'est splendide.

— Ma mère va être au paradis.

Je m'arrêtai et pris une gorgée de vin.

— Merci.

— Pour quoi?

— Pour avoir proposé de nous y emmener. Elle va être très contente. Assez contente pour l'année entière. Ce n'est pas comme si je ne pouvais pas l'emmener moi-même, mais c'est toujours chouette d'avoir de la compagnie. Et tu sais où tu vas et moi pas.

Son regard soutint le mien pendant un instant. Je n'étais pas certaine de comment interpréter l'étincelle qui baignait au fond. Il ouvrit la bouche plus la ferma en secouant la tête.

— De rien, dit-il enfin.

— Autre chose, dis-je.

Il pencha la tête en arrière en prenant une autre longue gorgée de sa bière. En ramenant son regard au niveau du mien, il demanda :

— Quoi donc?

— Je pensais que tu étais un peu un con au début, mais j'avais tort.

J'avais envie de lui dire quelque chose comme ça depuis longtemps et pas seulement parce que j'étais absolument dingue de lui. Je l'avais vraiment mal jugé, vraiment.

Pendant un instant, il sembla surpris par ma remarque, puis un sourire lent traversa son visage.

— Ah, il a fallu que je fasse des efforts pour que tu le voies.

Ses mots et le regard dans ses yeux m'emplirent de chaleur.

— Hé, ce n'est pas ce que je veux dire.

Il rit, et mon estomac vibra.

— Je sais mais tu me tends une perche.

Mes joues devinrent chaudes. À cause de ce que Jesse me faisait. Mon corps n'était que papillons quand il était là. J'étais dans tous mes états pour peu dire.

— Oui, dis-je enfin, incapable de retenir un petit rire.

— Ouais, et après ça tu m'as largué en tant que patient, ajouta-t-il.

Je levai les yeux au ciel.

— Je t'ai déjà expliqué. Comment va ton épaule d'ailleurs?

— Parfaitement bien. Le docteur Johnson m'a autorisé à retourner au travail, au cas où tu te posais la question.

— Je me posais la question. J'ai réalisé que tu étais sans doute là pour ton rendez-vous aujourd'hui, mais j'étais distraite.

— Par moi? demanda-t-il plein d'espoir.

J'explosai de rire.

— Peut-être, mais tu étais là donc tu sais aussi qu'Emily m'avait distraite avant même que je ne te voie. En parlant de ça, merci encore pour m'avoir mis en lien avec la mère de Kayla. Ça n'a pas été facile pour Emily de se faire de nouveaux amis depuis qu'on a déménagé ici. Elle est un peu timide.

Jesse hocha la tête.

— Pas de problème, ça ne te prendra pas long-temps pour connaître autant de gens que moi ici. Il n'y a nulle part où se cacher à Willow Brook.

— Depuis combien de temps vis-tu ici?

— Mes parents ont déménagé ici juste après que j'ai terminé mon lycée à Fairbanks. Je suis parti à la fac puis à ma formation de pompier forestier. Je ne suis arrivé ici qu'après tout ça, il y a sept ans.

— Fairbanks?

— Ouais, c'est là que j'ai grandi. Mes parents en avaient marre des hivers longs, et se sont réfugiés ici! Ce qui n'est pas le plus logique si tu veux mon avis, dit-il avec un petit rire.

— Fairbanks est au nord, à bien huit heures de route d'ici. Donc c'est normal qu'il fasse plus chaud ici. C'est l'équivalent d'un déménagement de Boston pour... la Virginie disons. Les hivers en Virginie sont bien moins marqués, proposai-je.

Jesse me regardait avec un sourire accroché aux lèvres. Je voulais savoir à quoi il pensait.

Il répondit avant que je pose la question quand il posa sa bière et s'avança entre mes genoux pour me rapprocher de lui. Je me heurtai doucement à lui, les tétons tendus dès que je touchai les muscles serrés de son torse. Quoi que je me dise sur ce que je devais ou non faire, quand on parlait de Jesse, mon corps prenait ses propres décisions.

— Quoi? demandai-je.

— J'adore à quel point tu es intelligente, murmura-t-il en levant la main et en la passant dans mes cheveux.

— Je faisais un simple commentaire sur la distance entre deux villes, murmurai-je.

— Oh, je sais. Ça m'a juste fait réfléchir. Au fait

que tu es ce genre de personne. Qui s'informe toujours et vérifie ses informations. Je parie que tu étais très bonne élève, non?

Avec ses doigts dans mes cheveux et son pouce caressant mon cou, j'étais terriblement distraite. Ma peau présenta une chair de poule et mon intimité se resserra.

Que ce soit rationnel ou non ne semblait pas avoir d'importance, j'avais envie de lui. Désespérément. Quelque part dans mon esprit, j'étais inquiète : inquiète de m'autoriser à même envisager cette aventure, inquiète de me laisser aller à ces envies.

J'essayai de me dire que ce n'était rien d'autre que de la luxure. Mais aucun homme avant Jesse ne m'avait jamais fait ressentir ce que je ressentais là. Il y avait aussi la réalité, qui était que je vivais presque comme une nonne depuis quelques années. Pendant mes études médicales, j'étais beaucoup trop occupée. Puis ma sœur était tombée malade, ce qui avait pris tout l'espace émotionnel et pragmatique que j'avais. Puis au milieu de tout ça, mon père avait fait un AVC. Pendant ma dernière année d'internat, j'avais eu l'impression que tout s'était écroulé. Le seul point stable de ma vie était mon internat, et je m'y étais complètement enterrée. Ils étaient morts à six mois d'intervalle, mon père d'abord, puis ma sœur Karen. Je n'avais vraiment pas eu la tête à rechercher du sexe.

J'avais complètement perdu le fil de ce que Jesse disait. Je le regardai puis me mordis la lèvre.

— J'ai oublié ce que tu as dit.

Son regard traversa mon visage, alors que sa bouche se redressait d'un côté. Oh bon sang, ses sourires étaient dangereux.

— Je t'ai demandé si tu étais bonne élève,

murmura-t-il en descendant la main pour caresser mon cou.

Je sentais son excitation s'appuyer contre mes cuisses alors qu'il se tenait entre mes genoux. Je savais au loin qu'il me parlait de mes notes à l'école, une conversation inutile, mais j'avais l'impression que nos corps parlaient de quelque chose de complètement différent.

— Oui, j'étais bonne élève, réussis-je enfin à dire alors que le dernier mot sortait en un soupir après qu'il eut passé sa main le long de mon dos pour attraper mes fesses et enfoncer son excitation en moi.

— Je crois que je devrais partir, dit-il.

— Pourquoi?

Ma question m'échappa, et je me demandai soudainement si j'avais mal lu la situation. Je ne savais pas à quoi ressemblait l'expression sur mon visage, mais il secoua rapidement la tête.

— Ne te méprends pas. Le problème est que je suis à deux doigts...

Il leva son pouce et son index pour me montrer à quel point ils étaient proches l'un de l'autre dans sa métaphore.

— ... d'arracher tous tes vêtements et de te retourner sur ce comptoir. Mais ta mère est à l'étage, et ça ne me paraît pas réglo.

Oh, j'avais vraiment envie de le contredire. Parce que ses mots m'avaient excitée au plus haut point. Je voulais le traîner jusqu'à mon lit tout de suite. Mais je savais aussi bien que lui que ma mère pouvait se réveiller à tout moment. Et je n'avais pas besoin de sa permission ou de quoi que ce soit d'idiot comme ça. Mais je voulais surtout être certaine qu'elle ne descendrait pas dans la cuisine pour nous trouver en train de baiser comme des lapins.

— Oh, réussis-je à dire juste avant que sa paume ne remonte ma colonne vertébrale.

Il enlaça ses doigts dans mes cheveux et posa sa bouche sur la mienne. En un instant, sa langue était enroulée autour de la mienne et sa main tenait ma joue. Il m'embrassa comme s'il en voulait toujours plus, alors que je l'embrassais comme s'il était mon oxygène.

Et à ce moment-là, il l'était.

Il se recula bien trop tôt. Je me sentis nue quand il s'éloigna. Il ne quitta pas l'espace entre mes genoux, pas encore. Ses yeux attrapèrent les miens.

Ce qu'il dit ensuite me surprit au plus haut point.

— Je t'aime bien, Charlie. Je ne veux pas que tu penses que je ne fais ça que pour le sexe.

Je dus perdre le contrôle de ma mâchoire parce qu'il sourit.

— Je ne suis pas un con. Je crois que j'ai été clair là-dessus.

— Oh, je ne pense pas que tu sois un con, mais je ne m'attendais pas à ce que tu dises ça, dis-je enfin.

Mes pensées se bousculaient dans ma tête, un mélange de désir, d'envie et d'incertitude. C'était tellement agréable d'être avec lui mais ma vie était tellement compliquée.

— Ma vie est... pas facile.

— J'ai remarqué, et je m'en fiche.

Quand il recula, je dus m'accrocher à mon tabouret pour ne pas le suivre. Il sourit.

— À six heures. Je serai là. J'apporte du café?

— On passera au Firehouse Café.

— Parfait.

Sur ces mots, il se retourna et me fit un clin d'œil juste avant de fermer la porte derrière lui.

Chapitre Onze

CHARLIE

Le lendemain matin, ma mère et moi étions prêtes quelques minutes avant l'heure. Ma mère était plus qu'heureuse d'apprendre que nous allions au festival. Je lui avais dit la nuit dernière mais elle avait oublié. Il y avait des bons et des mauvais jours. Aujourd'hui semblait pour l'instant être une bonne journée. Ses yeux étaient clairs et elle ne perdait pas le fil.

Quand Jesse frappa à la porte, elle alla lui ouvrir avant moi, en le saluant avec un grand sourire.

— Bonjour Jesse. Tu es prêt?

Il sourit.

— Bien sûr que je suis prêt. Je suis là à l'heure.

Après avoir regardé sa montre, il attrapa mon regard en relevant la tête.

— Je suis même là trois minutes en avance.

Ma mère était ravie. Avec un rire, elle se retourna pour attraper son manteau sur le porte-manteau.

Jesse me regarda à nouveau.

— Tu es prête?

— Bien sûr. Je ne savais pas s'il fallait que j'emmène quelque chose pour le déjeuner ou pas.

Il secoua la tête.

— Je ne pense pas. Il y a plein de restos là-bas. On devrait trouver notre bonheur. J'ai de l'eau dans la voiture.

En attrapant mon sac à main, j'y jetai quelques barres de céréales que maman aimait bien puis on se mit en route. Quelques minutes plus tard, Jesse se gara devant le Firehouse Café. J'étais rapidement tombée amoureuse de ce café après notre déménagement. Déjà, leurs cafés et viennoiseries étaient parfaits. Mais c'était Janet James, la propriétaire, qui faisait de cet endroit un lieu incontournable pour les locaux. Elle était chaleureuse et accueillante. Elle me donnait l'impression que nous pourrions trouver notre place dans cette petite communauté éclectique de Willow Brook.

Ma mère entra avec nous. Elle adorait commander son thé ici. Il y avait déjà la queue, mais c'était souvent le cas. Il m'arrivait régulièrement d'être ici à six heures du matin, quand je voulais arriver tôt au cabinet pour gérer des papiers avant que les rendez-vous ne commencent.

Jesse salua plusieurs personnes, tout comme moi. Pendant que nous faisions la queue, un autre pompier que j'avais rencontré brièvement quand il s'était blessé la main s'arrêta devant nous avant de sortir. Beck Steele, un peu fripon, beau et toujours prêt à raconter une blague.

— Bonjour Jesse, dit-il avec un hochement de tête.

Ses yeux se posèrent sur moi et il me lança un petit clin d'œil par réflexe. J'imaginais qu'il faisait beaucoup de clins d'œil, aux hommes comme aux femmes. Ce qu'il prouva en faisant la même chose à ma mère. Même s'il était joueur, il n'avait d'yeux que pour sa femme dont il était visiblement fou. J'avais rencontré Maisie quand elle l'avait accompagné pour son rendez-vous au cabinet pour faire examiner sa main. Ça avait été l'un des rendez-vous les plus amusants que j'avais eus. Elle lui avait donné des ordres tout du long, et j'étais quasiment sûre qu'il adorait ça.

— Bonjour Charlie, hasarda-t-il.

— Bonjour, répondis-je.

Ma mère le regarda en lui offrant l'un de ses adorables sourires. Beck lui sourit en retour.

— Je ne pense pas qu'on se soit rencontrés. Je suis Beck Steele, dit-il en lui tendant sa main libre.

Ma mère lui serra la main puis lui fit un clin d'œil.

— Je suis Olive, et toi tu es du genre à draguer tout le monde, annonça-t-elle.

Beck lâcha simplement un sourire et haussa les épaules, sans un seul mouvement de surprise.

— Possible.

— On va au Festival des Oiseaux, ajouta ma mère. Jesse nous emmène.

Je voyais la curiosité dans les yeux de Beck, mais il ne dit rien. En regardant Jesse, il fit un clin d'œil.

— Eh bah la météo est de votre côté aujourd'hui. Faites bonne route et profitez bien.

Il commença à partir puis se retourna en levant sa tasse de café.

— Ravi de t'avoir rencontrée, Olive, lança-t-il.

Ma mère se contenta de sourire. Alors qu'on attendait, je jetai un œil autour de nous. Le café se tenait dans la première caserne de pompiers de la ville. Le vieux garage avait été transformé en un restaurant avec des tables et une cuisine ouverte. Les barres de descente de pompiers avaient été couvertes de fleurs peintes. Le café rassemblait des éclats de couleur partout, avec des cadres de fenêtre roses, et le sol en béton taché de bleu. De petites tables en bois étaient éparpillées partout dans la salle, et le comptoir proposait d'autres places assises. Le lieu était chaleureux, joyeux et idéal pour les longues journées d'hiver.

Quand on arriva enfin au comptoir, Janet nous attendait. Ses cheveux noirs étaient parsemés d'argenté et rassemblés en une tresse. Ses yeux marron se plissèrent en de petites rides quand elle nous vit.

— Eh bien, bonjour Olive et Charlie.

Quand Jesse s'avança à côté de moi, un éclat subtil s'ajouta à son regard. Je savais que Janet n'hésiterait pas à me demander ce que Jesse faisait avec nous plus tard, mais pas tout de suite, devant ma mère.

— Je paye tout, dit Jesse en regardant ma mère. Olive, qu'est-ce qu'il te faut?

— Un thé s'il te plaît, répondit-elle en lançant un sourire chaleureux à Jesse.

Janet se tourna ensuite vers moi.

— Je vais prendre un café aujourd'hui. Ce que tu as, du moment que c'est fort.

— Je vais ajouter un shot de café pour faire bonne mesure, dit Janet. Et toi, Jesse?

— Je prends la même chose, mais ajoute deux shots au mien.

Avec un sourire et un clin d'œil, Janet s'éloigna et commença à servir nos boissons. Jesse me regarda.

— Quelque chose à manger? demanda-t-il d'un ton grave.

— Et si on prenait des roulés? Ça devrait nous tenir au corps jusqu'au déjeuner.

Jesse attira l'attention de Janet :

— Tu veux bien nous réchauffer quatre roulés aussi?

— Bien sûr, répondit-elle sans même se retourner alors qu'elle posait le thé de ma mère sur le comptoir.

Quand elle nous tendit nos cafés, Jesse paya, en me poussant presque quand je proposai de payer. On sortit de la file d'attente pour récupérer nos roulés. L'un des adolescents qui aidaient Janet à la caisse vint la remplacer, et Janet se pencha sur le comptoir pour discuter pendant que nous attendions nos roulés. Ma mère était partie regarder par la fenêtre.

— Alors, comment elle va? demanda Janet.

Janet était adorable avec ma mère et prenait toujours des nouvelles. Je haussai les épaules en prenant une gorgée de mon café.

— Aussi bien que ce qu'on peut espérer, j'imagine. Elle ne s'est pas perdue depuis deux semaines.

— Eh bien, je pensais à elle l'autre jour. Mon amie, Norma, s'occupe de l'un des groupes à la maison de retraite. Elle n'est pas obligée d'être résidente pour aller y passer la journée, suggéra Janet doucement.

Je sentis le regard de Jesse sur moi, mais il ne dit rien.

— Je ne sais pas... commençai-je à dire mais Janet plissa les yeux avec un regard chaleureux mais sévère.

— Ma puce, tu ne peux pas tout faire toute seule. Tu as une ado à la maison et c'est déjà assez de boulot. Si tu avais un système qui te permettait de ne pas t'inquiéter trop, ça changerait beaucoup de choses. C'est juste une idée.

Je savais qu'elle voulait bien faire. Et ça me touchait, mais j'avais du mal à accepter la direction dans laquelle les choses avançaient. Je pris une autre gorgée de mon café, savourant l'amertume.

— Peut-être que je l'emmènerai visiter la semaine prochaine pour voir comment ça se passe. Je ne suis pas aussi têtue que tu le crois. C'est juste que dès que je parle de choses comme ça, elle s'énerve.

— Et si vous veniez ici et je vous y emmenais? proposa Janet.

Je savais que la présence de Janet aiderait sans

doute, mais je sentais une résistance en moi. Je savais que ce n'était pas rationnel, qu'il fallait que je lâche prise, mais j'avais du mal à accepter ce qui arrivait à ma mère. Quand il s'agissait d'elle, mes émotions prenaient le dessus sur mon intellect.

— D'accord, envoie-moi un SMS pour me dire quel jour te convient la semaine prochaine, et je m'organiserai, répondis-je en me forçant presque à parler.

Ma mère revint vers nous.

— On est prêts? demanda-t-elle.

— Oh oui, dit Jesse juste au moment où Janet nous tendit un petit sac avec nos roulés. On va à Diamond Creek pour la journée, pour le Festival des Oiseaux.

Janet fit un grand sourire.

— C'est le jour parfait. Tu devras me raconter! dit-elle à ma mère avant que l'on ne parte.

Chapitre Douze

JESSE

Je profitai de mon café et du silence dans la voiture alors que je conduisais le long des autoroutes Sterling et Seward. Charlie m'avait prévenu que parfois sa mère parlait sans s'arrêter. Quelque chose qui ne me dérangeait pas en soi. Mais le silence ne me dérangeait pas non plus.

Les paysages le long de cette route étaient spectaculaires. Olive lâchait des « oooh » et des « aaaah » de temps en temps alors que nous suivions les courbes du Turnagain Arm. Les longueurs étroites de l'autoroute épousaient les montagnes qui s'élevaient haut de chaque côté de nous, alors que le soleil montait lentement. Le ciel s'accrochait à des traînées de couleurs avec l'arrivée de l'astre, et une touche de rose colorait l'horizon.

De temps en temps, Charlie ou sa mère me posait des questions sur la partie du pays que nous traversions. Quand on arriva à Diamond Creek, je m'arrêtai sur un point panoramique sur l'autoroute. On sortit de la voiture et on s'avança vers la barrière. La vue s'étalait devant nous. La baie de Kachemak était l'un des joyaux de la côte alaskienne. Encerclée de montagnes, l'eau bleu sombre brillait sous le soleil. Diamond Creek était l'une des communautés qui longeait la baie.

L'autoroute plongeait vers le village. De ce point de vue panoramique, la hauteur nous offrait une vue splendide de la ville et des montagnes qui l'entouraient. Un aigle passa au-dessus de nous, et son cri distinct résonnait dans l'air.

Olive frappa dans ses mains, avant de se tourner vers nous, un grand sourire aux lèvres. La montagne de l'autre côté de la baie était encore couverte de neige, s'élevant haut dans le ciel bleu. Charlie me regarda.

— Merci de nous avoir amenées ici. Je sais que j'aurais pu...

Elle perdit ses mots quand je secouai la tête.

— J'ai proposé de vous emmener parce que j'en avais envie. En plus, ça me permet de passer du temps avec toi.

Ses joues rougirent et elle soupira en se mordant la lèvre.

— Où va-t-on pour voir des oiseaux?

L'une des plus grosses migrations aviaires au monde prenait place sur les côtes d'Alaska. Des millions d'oiseaux de côtes migraient d'Amérique du Sud vers l'Alaska pour y passer l'été. Dans de nombreuses communautés de la péninsule Kenai et d'autres côtes d'Alaska, il y avait des festivals d'observation d'oiseaux pour célébrer l'énorme migration.

— Il faut qu'on aille à la plage, répondis-je, incapable de ne pas sourire quand elle me sourit.

Avec un rire, je continuai.

— Viens, on va aller au port. On peut se garer là-bas et voir où aller.

Ce qui suivit fut une très bonne matinée. Olive

était ravie de voir les oiseaux, et ils étaient partout. De petits oiseaux couvraient les plages, se rassemblant dans divers endroits et se nourrissant dans les eaux basses sur le sable. On se balada sur les promenades qui offraient des points d'observation et des jumelles pour regarder les oiseaux.

À un moment, pendant tout cela, j'attrapai la main de Charlie dans la mienne, surpris quand elle ne la retira pas.

Olive était très amicale, ce que je savais déjà. Elle était ravie de pouvoir parler aux autres observateurs alors que l'on traversait la plage. Elle prit de nombreuses photos avec son téléphone quand Charlie l'aida. On mangea un bout dans un petit café sur la plage. Après le déjeuner, Olive commençait à avoir l'air fatiguée, mais elle insista sur le fait qu'elle voulait faire une dernière balade. Elle disait qu'elle avait besoin de sentir le sable sous ses semelles.

On marcha sur la plage, nous arrêtant pour regarder un radeau de loutres flotter vers la baie. Une otarie curieuse nous suivit de loin alors que l'on marchait, sortant de l'eau de temps en temps pour explorer la plage. On fit demi-tour quand Charlie nous fit remarquer qu'il commençait à se faire tard. Alors que l'on remontait les marches pour quitter la plage et nous diriger vers le parking, Olive trébucha et tomba.

— Oh!

Elle semblait plus surprise que blessée.

Charlie était juste derrière elle. Ses yeux rencontrèrent les miens, emplis d'inquiétude.

— Ça va, maman?

Je m'avançai aux côtés d'Olive, me penchant en avant pour voir comment elle allait. Même si elle ne semblait pas embêtée par sa chute, elle ne se relevait pas.

— Je vais bien, dit-elle en nous faisant un signe de la main.

Elle essaya de bouger puis grimaça.

— Enfin, je croyais que j'allais bien.

En croisant le regard inquiet de Charlie, je dis :

— Je vais essayer de la porter.

Charlie se pencha en avant et vérifia que ce n'était pas dangereux de la bouger. Même si j'étais formé aux premiers secours, Charlie était un médecin, donc je suivais ses ordres. Quand elle décida qu'il n'était pas dangereux de bouger Olive, je la soulevai doucement dans mes bras. Elle était aussi légère qu'une plume.

J'étais déjà venu à Diamond Creek donc je savais où était l'hôpital. Une fois arrivés à ma voiture, je regardai Charlie.

— Tu décides. On peut aller à l'hôpital par nos propres moyens, ou appeler les pompiers. Ça prendra sans doute plus de temps d'attendre, mais c'est toi qui décides.

Charlie hocha rapidement la tête.

— Tu prends le volant. Allons-y.

CHARLIE

Je faisais les cent pas dans la salle d'attente. Je n'arrivais pas à croire ce qu'il s'était passé. Ma mère avait l'air d'aller bien. Si jamais elle avait mal, elle le cachait vraiment bien. Elle avait surtout semblé mal à l'aise quand ils l'avaient installée dans un fauteuil roulant pour aller l'examiner.

Je me demandais s'il fallait que j'appelle Em tout de suite ou s'il valait mieux que j'attende d'en savoir plus. Rationnellement, je savais qu'il valait mieux attendre, mais mon anxiété emmêlait mes pensées et je ne voyais rien clairement. Pendant ce temps, Jesse était parti nous chercher du café à la cafèt'. Je terminais cette super journée complètement submergée par la peur et l'anxiété.

Je sentis Jesse arriver derrière moi, je me retournai juste au moment où il posa sa main entre mes épaules, descendant lentement le long de ma colonne vertébrale.

— Elle va bien. Détends-toi. Quelqu'un va venir nous donner des nouvelles.

Il me tendit une tasse de café. Le simple fait de

tenir la tasse dans mes mains et de sentir sa main contre moi apaisait mes tensions.

— Je n'arrive pas à croire que ce soit arrivé, marmonnai-je avant de prendre une petite gorgée de café.

Il était bien meilleur que ce à quoi je m'attendais.

J'écarquillai les yeux et Jesse haussa les épaules alors qu'il me guidait vers les chaises de la salle d'attente.

—Je sais, il est vraiment bon.

— Ouais, c'est le meilleur café que j'aie jamais bu dans un hôpital.

Jesse gloussa.

— J'étais tout aussi surpris que toi. Il est plus que correct.

Son bras resta posé sur mes épaules une fois qu'on s'était installés sur des chaises, et le poids me détendait.

—Je sais que la chute de ta mère te stresse, mais tout semble dire que c'est un incident mineur.

En tant que docteure, je savais qu'il avait raison, mais c'était presque impossible de rester objective quand il s'agissait de ma propre mère. Quand je lui lançai un regard avec un soupir, il caressa mon épaule.

— Hey, elle a passé une super journée. Je parie qu'elle s'est juste déboîté quelque chose, la hanche ou quelque chose du genre.

—Je sais, je sais. Je m'inquiète juste.

— Oui, mais tu devrais peut-être attendre avant de décider à quel point tu devrais paniquer?

—Peut-être, marmonnai-je.

On resta assis en silence, à boire notre café en observant l'activité autour de nous. Ça ne prit pas longtemps avant qu'une infirmière vienne nous voir dans la salle d'attente.

— Vous êtes avec Olive Lane, c'est bien ça? demanda-t-elle.

Elle avait un air chaleureux avec ses grands yeux marron, sa silhouette fine et ses cheveux bruns attachés en une tresse.

En me levant, j'acquiesçai rapidement.

— Oui, comment va-t-elle?

— Elle va bien. Elle a une fracture de la hanche. Je suppose que ça s'est fait quand elle est tombée.

J'écoutai son explication, emplie d'un mélange de tension et de soulagement. D'un côté, c'était gérable et commun pour quelqu'un de l'âge de ma mère. D'un autre, je ne voulais pas qu'elle souffre.

Jesse hocha la tête.

— Ça paraît cohérent.

— Qu'est-ce que le docteur préconise? demandai-je.

Je savais qu'elle aurait surtout besoin de ne pas trop bouger et de se reposer.

— C'est une petite fracture, et elle a été stabilisée, donc la docteure dit que du repos allongé et des séances de rééducation suffiront. Elle aimerait garder votre mère pour la nuit, juste pour la surveiller et s'assurer qu'elle ne souffre pas trop. Olive nous dit que vous vivez tous à Willow Brook. Je peux organiser des rendez-vous de suivi avec le médecin local, là-bas...

Jesse la coupa.

— C'est elle, expliqua-t-il avec un clin d'œil.

L'infirmière sourit.

— Eh bien, ça va nous faciliter la tâche. Si vous le souhaitez, je peux demander à notre secrétaire d'appeler votre bureau pour s'assurer que tout est en place.

— Ce serait génial. Le docteur Johnson la suit, donc notre secrétaire s'assurera que tout est prêt. A-t-elle besoin de quelque chose d'autre ce soir?

L'infirmière secoua la tête.

— Je ne pense pas. La docteure lui a donné quelque chose pour la douleur, qui semble fonctionner pour le moment. Elle avait peur que ça ne dure pas toute la nuit, puisqu'il est déjà tard et qu'elle dort déjà. On peut la surveiller ce soir et s'assurer qu'il ne se passe rien d'autre. Demain, on fera quelques analyses sanguines, des mesures pour une canne et on la laissera repartir avec un déambulateur.

Je sentis ma tête hocher. D'une certaine façon, j'étais soulagée. C'était un soulagement évident que sa fracture soit mineure et plutôt commune pour son âge. La convalescence pourrait se montrer difficile, mais pour l'instant ça allait. Ça faisait des mois que j'essayais de convaincre ma mère d'utiliser une canne, mais elle refusait. Une pointe de culpabilité me traversa. Je me dis soudainement que je n'aurais pas dû l'emmener faire cette sortie, même si elle en avait vraiment envie. En me secouant, je me forçai à penser à autre chose. Je ne pouvais pas remonter le temps.

Le bipeur de l'infirmière sonna.

— D'autres questions?

— Je ne pense pas, répondis-je en faisant le tour des quelques questions pragmatiques dans ma tête, mais consciente que cette infirmière ne pouvait pas y répondre pour moi.

— Vous voulez aller la voir? Elle dort, mais si vous voulez la voir, vous pouvez, dit-elle.

— Oui, ce serait super, dit Jesse, en répondant pour moi.

— Elle est dans la chambre 34. C'est au bout du couloir à droite.

Elle se dépêcha de partir en nous saluant.

Jesse attrapa mon regard.

— Ça va?

Je hochai la tête.

— Ouais. Il faut que j'organise deux ou trois trucs à la maison, mais elle va bien et c'est tout ce qui compte.

Il attrapa ma main dans la sienne et marcha avec moi vers la chambre. Ma mère dormait profondément. Elle avait l'air à l'aise et détendue, donc la tension en moi s'apaisa un peu plus. Alors qu'on se tenait à côté de son lit, une autre infirmière entra. Elle vérifia les constantes de ma mère en nous jetant un sourire.

— Votre mère est drôle, annonça-t-elle.

— Ah oui?

— Oh oui. Je suis sûre que vous êtes inquiète, mais ça va aller. Elle n'arrêtait pas de nous dire qu'elle avait passé une super journée à regarder les oiseaux. Glisser et tomber, cela arrive quand on vieillit, elle l'a pris avec beaucoup de courage.

Je souris, emplie de soulagement.

— Est-ce que je dois parler à quelqu'un d'autre avant demain?

— Passez à l'accueil en sortant. Ils vous donneront le programme de demain.

J'embrassai le front de ma mère avant de quitter la pièce. Après que Jesse eut jeté son gobelet en papier vide dans la poubelle, il attrapa ma main. J'adorais la sensation de son étreinte. Ça faisait du bien de ne pas être seule là-dedans. Quand on arriva à sa voiture, je le regardai.

— Je crois que je vais appeler Emily maintenant. Je ne veux pas qu'elle s'inquiète.

— De quoi s'inquièterait-elle? Elle ne sait même pas qu'il s'est passé quoi que ce soit, dit-il avec un sourire.

Je levai les yeux au ciel.

— Tu as raison. Je projette mon inquiétude sur elle j'imagine. Mais on ne rentre pas ce soir, donc je veux au moins qu'elle sache ça. En soi, ça tombe vraiment bien qu'elle passe le week-end chez une amie.

Je sortis mon téléphone de mon sac et commençai à appeler quand Jesse reprit la parole.

— Hey, question rapide.

— Quoi?

— Je pense qu'on devrait prendre un hôtel pour la nuit. Ça te va si on va vers le port? Il y a quelques hôtels là-bas.

— Parfait.

Je ne me laissai pas réfléchir trop longtemps à ce que ça impliquait de passer la nuit dans un hôtel avec Jesse. Je commençai à me demander si on partagerait une chambre et mes pensées s'arrêtèrent immédiatement. Je n'avais pas besoin de me focaliser là-dessus. Pas maintenant.

Il se mit à conduire et j'appelai Em, en me demandant si elle répondrait. Je fus surprise qu'elle réponde à la troisième sonnerie.

— Salut tata Charlie, quoi de neuf? Tu me fliques?

— Dans tes rêves, dis-je avec un grand sourire en entendant qu'elle était de bonne humeur.

— Je t'appelais juste pour te dire qu'au final on ne rentrerait que demain. Mamie a fait une petite chute. Elle va bien, mais elle s'est cassé la hanche.

— Oh, non! Elle va bien?

— Ça va aller sans soucis. Ils la gardent pour une nuit pour s'assurer qu'elle est stable. Honnêtement Em, j'étais inquiète au début, mais elle n'avait même pas l'air d'avoir mal. La seule raison pour laquelle on l'a emmenée à l'hôpital, c'est parce qu'elle avait du mal à se relever.

— Oh, dit-elle doucement avant de rester silencieuse un instant. Qu'est-ce que je devrais faire?

— Rien. Détends-toi et on rentre demain.

— Et Jesse et toi allez faire quoi?

— On va aller à l'hôtel.

Au moment où je lui dis ça, je réalisai qu'elle lirait sans doute entre les lignes. J'espérais qu'elle n'insisterait pas.

À mon grand soulagement, elle ne dit rien.

— D'accord. Dis à mamie que je lui fais coucou et je la vois demain, d'accord?

Après avoir raccroché, je regardai Jesse.

— Eh bah ça s'est super bien passé, ça. Elle a eu une année difficile, et elle est proche de ma mère, donc je ne voulais pas qu'elle s'inquiète.

Il s'arrêta à une intersection.

— Ouais?

Son commentaire était assez vague pour ne pas m'obliger à y répondre, mais je me dis que je pouvais tout aussi bien répondre.

— Sa mère est morte d'un cancer. Ma sœur. C'était difficile pour nous deux, mais bien sûr, plus dur pour elle. Elle a dû regarder sa mère tomber malade et après, la voir mourir. Mon père venait de mourir, six mois plus tôt, donc...

Je déglutis pour essayer d'évacuer les émotions coincées dans ma gorge. Je n'en parlais pas beaucoup parce que j'étais trop occupée à essayer de recoller les morceaux de ma vie pour continuer à avancer.

Jesse me regarda, les yeux pleins de compréhension. Après un moment, il parla :

— Ce n'est pas surprenant que tu avances comme si tu portais le monde entier sur tes épaules. Tu t'occupes de tout le monde. Ça doit être vraiment dur.

Je soutins son regard. Le simple fait qu'il reconnaisse que ce que j'essayais de gérer était lourd apaisait mes efforts.

— C'est dur, mais je ne changerais rien si je devais le refaire.

Il hocha doucement la tête. Le feu passa au vert et il détourna le regard.

— Bon, voici ma proposition : on dort au Midnight Sun Lodges, et on va dîner quelque part. Tu n'as pas le droit de t'inquiéter. Ta mère est entre de bonnes mains, et elle va bien. Tu as une soirée fériée.

— Fériée?

— Tu sais, comme quand les jours fériés tombaient sur une journée de cours et que soudainement c'était comme si tu avais gagné une journée qui n'existait pas avant. Je sais que tu aimes ta mère, mais tu as le droit de faire une pause. Elle est là où elle devrait être, donc tu peux te détendre.

Je ne savais pas exactement quoi dire à ça, mais mon cœur se serra et j'avais encore une fois envie de pleurer. Je pris une grande inspiration et expirai doucement. Je n'étais pas prête à fondre en larmes devant Jesse.

— Ça marche? demanda-t-il.

— Ça marche, répondis-je en reprenant le contrôle de mes émotions juste avant qu'il ne soit trop tard.

En peu de temps, nous avions une chambre au Midnight Sun Lodges. Jesse n'avait même pas demandé si je voulais une chambre séparée. Je n'en voulais pas donc j'étais soulagée qu'il n'ait pas pris la peine de demander. Alors que je commençais à me demander ce que j'allais porter demain, Jesse mit la clé de la chambre dans sa poche et se tourna vers moi.

— Bon, on a besoin de vêtements pour demain, donc allons faire du shopping.

Il nous emmena vers le sud de Diamond Creek. Le concept de « sud de la ville » en Alaska était vraiment différent que dans les autres villes. Diamond Creek était aussi petit que Willow Brook, mais il y avait encore plus de boutiques pour touristes sur la rue principale. En quelques minutes, Jesse avait trouvé un magasin de vêtements. J'achetai un t-shirt pour la nuit et des vêtements pour le lendemain, en me disant qu'un legging de plus et un pull me seraient toujours utiles. Il acheta la même chose que ce qu'il portait, un jean et un t-shirt noir.

Une fois de retour à la voiture, il me regarda.

— OK, qu'est-ce que tu veux manger?

J'avais un sentiment joyeux tout nouveau. Mon inquiétude pour ma mère était quelque part dans ma tête, mais pour le moment je n'y pensais pas. Ça aidait que je ne puisse rien y faire. Elle se reposait confortablement et la personne à l'accueil m'avait assuré qu'ils m'appelleraient s'il se passait quoi que ce soit.

Je rencontrai son regard et lui souris.

— Je suis prête à tester n'importe quoi.

— Ça n'aide pas beaucoup, dit-il avec un sourire lent. Voyons voir, il y a le Boathouse, c'est un peu plus chic que les fruits de mer de base. Il y a aussi le Diamond Creek Brewery.

— C'est quoi?

— C'est une distillerie avec un restaurant. Le menu est sympa, il y a un peu de tout.

— Allons là, répondis-je.

— Parfait. C'est à quelques minutes à pied donc je vais laisser la voiture à l'hôtel.

On retourna à l'hôtel pour y déposer nos achats, puis on se dirigea main dans la main vers le Diamond Creek Brewery. En entrant dans le restaurant, je fis le tour de la pièce avec mes yeux. Ce vieux hangar à avions avait été retapé pour en faire un restaurant moderne. Un espace aux plafonds hauts, avec assez de place pour deux petits avions, était désormais un restaurant et une distillerie. La partie distillerie de l'entreprise était au fond, avec de l'équipement en acier inoxydable visible au-dessus d'un demi-mur en briques et deux cuves en cuivre décoratives qui marquaient l'entrée.

Des maquettes d'avion étaient accrochées au plafond, majoritairement des petits avions à six places que l'on voyait souvent dans les ciels d'Alaska. Des fenêtres avaient été ajoutées pour ouvrir la quasi-entièreté des murs sur de superbes paysages d'un champ marécageux donnant sur la baie et les montagnes au loin. Il y avait des tables et des banquettes le long des murs et des tables avec des chaises dans l'espace central. La cuisine était installée contre le mur du fond, protégée par un bar grouillant de clients. Cet espace un peu sombre était adouci par des tissus qui longeaient les murs et des tapis multicolores.

Quelques minutes plus tard, nous étions installés sur une banquette. Je choisis l'un des vins qu'ils produisaient sur place alors que Jesse considéra le menu des bières pendant plusieurs minutes avant de choisir une bière hivernale. Quand notre serveur partit chercher nos boissons, Jesse s'adossa à la banquette en penchant sa tête sur le côté.

— Je crois que tu devrais te détacher les cheveux, dit-il.

Le sourire qui s'ensuivit m'emplit de désir.

Je m'étais attaché les cheveux en queue de cheval ce matin, en me disant qu'il y aurait beaucoup de vent et que je ne voulais pas m'embêter. J'avais eu raison. L'air de l'océan était venteux, et je n'aimais pas avoir mes cheveux dans les yeux. Je sentis mes joues rougir alors que je le regardais.

— Ah bon?

— Je ne sais pas si « devrais » est le bon mot. C'est plutôt : j'adore quand tu as les cheveux détachés.

Pendant un instant, je le fixai simplement du regard. Honnêtement, je ne pensais pas souvent à mes cheveux. Je n'avais pas le temps pour ça. Ces dernières années, je n'avais jamais passé autant de temps sur mon apparence que le jour où Em m'avait persuadée de me teindre une mèche en violet. Ça m'avait amusée parce qu'elle était ravie. À chaque fois que la couleur commençait à disparaître, elle proposait de me le refaire.

Je tendis le bras derrière ma tête pour retirer mon élastique et laisser mes cheveux retomber. Le sourire lent et dévastateur qui étira le visage de Jesse me fit bouillir de l'intérieur. Je sentais ma peau qui me picotait et je m'enflammais à la vue de tous.

Il ne dit rien de plus, mais la chaleur dans ses yeux suffisait. Notre serveur arriva avec mon vin de groseille et la bière de Jesse. Je pris une gorgée puis regardai Jesse.

— Oh mon Dieu. C'est délicieux. J'ai commandé ça surtout par curiosité.

Il gloussa.

— Ouais, ils savent ce qu'ils font ici. C'est pas juste un passe-temps.

— Il y a du monde, observai-je en jetant un œil à la salle, où la plupart des tables étaient occupées alors qu'une queue commençait à se former à l'entrée.

— C'est presque toujours comme ça ici. C'est aussi une ville touristique. Il y a une station de ski aussi, donc il n'y a pas de saison creuse. Et comme Willow Brook, c'est la folie l'été. Si on était venus deux mois plus tard, ça nous aurait pris une bonne demi-heure pour trouver une table. Tu as passé l'été en Alaska ou pas encore?

— On a déménagé juste à la fin de l'été de l'année dernière, donc pas vraiment. J'entends dire qu'il y a du monde.

— Ça oui. C'est le rêve de beaucoup de gens de venir en Alaska. Je dirais « dont toi » mais tu es née ici, donc tu fais partie des locaux, dit-il avec un clin d'œil.

J'explosai de rire.

— Je ne crois pas vraiment. Je m'en souviens à peine.

Jesse haussa les épaules.

— Il y a beaucoup d'expat' en Alaska. C'est spécial d'être né ici.

Je m'adossai à la banquette en prenant une gorgée de vin tout en le dévisageant.

— Tu es né en Alaska? Tout ce que je sais pour l'instant, c'est que tu as grandi à Fairbanks et que ta famille a déménagé à Willow Brook après ton lycée. Oh, et pourquoi es-tu devenu pompier?

Il fit un roulement de tambour sur la table avec ses doigts.

— Je suis né à Fairbanks. Mes parents sont arrivés ici pour la même raison que les tiens. Mon père était militaire et il a été muté ici. Et je suis devenu pompier... surtout parce que j'aime bien être dehors, j'imagine. Je suis allé à la fac et j'ai fait une licence de géologie parce que j'aime bien passer du temps dehors. Mais j'ai réalisé que ça m'amènerait surtout à du boulot de recherche ou d'enseignement. Ce qui n'est pas vraiment mon truc. Je me suis inscrit à un programme d'entraînement un été et j'ai adoré. Je ne pourrai pas faire ça toute ma vie. C'est très dur physiquement, mais je me dis que je le ferai aussi longtemps que possible. J'adore la nature et j'aime bien repousser mes limites physiques. C'est aussi très chouette de s'assurer que tout le monde est en sécurité.

— Tu fais partie d'une des équipes de pompiers forestiers, non?

Depuis que je travaillais au cabinet de médecine générale de Willow Brook, j'avais vu plusieurs des pompiers locaux pour de petites blessures. J'avais appris que la caserne de Willow Brook accueillait deux équipes de pompiers forestiers et une équipe locale. Willow Brook avait une position centrale dans l'État d'Alaska et était un très bon point de chute.

Jesse hocha la tête.

— Ouais. Je suis contremaître de l'une des équipes. En hiver, on est surtout à Willow Brook, mais l'été, on va là où on est appelés. Je vais être honnête, j'ai enfin l'impression que mon épaule est parfaitement guérie. Je sais que je me suis plaint de ces deux semaines en plus, mais je crois que ça a aidé, dit-il.

Je souris, fière.

— Bien. Je n'essayais pas de t'embêter. Mais tu n'es plus mon patient, donc tu auras peut-être plus de chance avec Doc Johnson la prochaine fois.

— Nan, il est chiant aussi, répondit-il avec un petit rire. Bref, à ton tour. Je sais que tu es née à Anchorage, que ton père était positionné à Elmendorf, mais pas tellement plus. Combien de temps es-tu restée avant que tes parents ne déménagent?

— J'avais cinq ans, donc je ne me souviens pas de grand-chose, quelques souvenirs flous.

— Et après? continua-t-il.

— Puis mon père a été muté dans plein de lieux différents jusqu'à mon lycée. Il faisait partie de l'Air Force, donc on était en Caroline du Nord, au Texas et même en Allemagne à un moment. Il a pris sa retraite après avoir été muté dans le Massachusetts. On vivait en périphérie de Boston là-bas. J'ai fini mon lycée dans le Massachusetts, je suis allée à la fac et directement en école de médecine. Puis ma sœur, la mère d'Emily, a eu un cancer du pancréas. C'était horrible. On avait dix ans de différence et elle était plus vieille. Pendant mes deux dernières années de médecine, on s'occupait tous de ça. Elle avait des rendez-vous chez le médecin, de la chimio et tout ça. Emily avait beaucoup de mal. Son père n'a jamais été présent. Jamais. Puis mon père a fait un AVC. C'était encore un truc de plus. Et il est mort des complications de son AVC. Ça paraît bizarre, et je veux pas que ça paraisse bizarre, mais d'une certaine façon, ça aurait été plus facile pour ma mère s'il était mort d'un seul coup. Au lieu d'avoir l'espoir qu'il irait mieux. Et qui n'espérerait pas à sa place? On y a tous cru. Mais il ne s'en est jamais remis. Elle a dû prendre des décisions terribles. Pendant ce temps, ma sœur Karen était mourante. Elle est morte à peine six mois plus tard. Même si je savais que maman commençait à perdre la mémoire, ce n'était pas comme aujourd'hui. Donc on a décidé de déménager. Je voulais lui donner quelque chose qui lui avait manqué depuis des années. En plus, je me suis dit qu'un nouveau départ nous ferait peut-être du bien à toutes. On est arrivées, et sa mémoire a commencé à se détériorer plus vite. Et...

Je perdis mes mots pendant un moment. Quand je m'arrêtai, Jesse hocha la tête avec un regard sombre, toujours en m'écoutant simplement.

— Donc nous y voilà. Je suis parent dans le sens légal du terme et je fais de mon mieux, mais la moitié du temps je n'ai aucune idée de ce que je fais. Je me sens coupable parce que la mère d'Em est morte et son père n'a jamais été là. J'ai peur que ce soit trop pour elle de voir ma mère disparaître petit à petit.

Je lui fis rapidement la liste des évènements sans l'émotion de ces dernières années. Je n'étais pas froide mais je racontais les choses d'un ton distant car je ne pouvais pas supporter de faire plus. Jesse ne dit rien donc je continuai, laissant tout sortir d'un coup.

— Juste avant la mort de ma sœur, elle a décidé qu'elle ne voulait pas que j'aie juste la tutelle d'Emily parce que c'est facilement défait. Donc elle a tout arrangé pour que j'adopte Emily après sa mort. Le père d'Em n'était pas un super gars. Si ma sœur n'était pas tombée enceinte, je doute qu'on l'ait revu un jour. Je me suis dit qu'il s'opposerait peut-être à l'adoption mais il n'est même pas venu au tribunal. Donc voilà tout ce qu'il s'est passé. Comme je te l'ai dit, ma mère avait toujours eu envie de revenir en Alaska, j'ai donc décidé qu'on devrait essayer de déménager. Je me suis dit qu'un nouveau départ nous ferait du bien. Mais je ne pensais pas qu'elle perdrait la mémoire aussi rapidement.

Jesse resta silencieux pendant un moment. Je pris une gorgée de mon vin en me disant que ça me calmerait peut-être. C'était drôle d'être là, c'était presque comme un vrai rendez-vous galant. Mais je n'arrivais pas à parler de ma vie sans que tous les problèmes ne fassent surface. Si j'avais été du genre à poster sur les réseaux sociaux, tous mes posts auraient été déprimants, à moins que je ne mente odieusement.

Il ouvrit la bouche pour dire quelque chose quand notre nourriture arriva. J'avais commandé le taco au flétan et il avait commandé un plat au crabe royal. L'interruption était la bienvenue. Je n'avais pas vraiment eu l'intention de lui balancer l'ensemble des dernières années de ma vie tout d'un coup. Mais là encore, tout ça ne faisait que prouver à quel point j'avais perdu l'habitude de ce genre de soirée. Je ne savais pas du tout comment me comporter.

Une fois qu'on eut commencé à manger, il attrapa mon regard à nouveau.

— Je sais que tu t'inquiètes pour ta mère, mais je crois que c'est sûrement bien que vous soyez venues ici. Willow Brook est bien plus petit que Boston, et une fois que tu auras trouvé quelqu'un pour aider quand tu es au travail, tu n'auras plus à t'inquiéter. Je ne sais pas si tu aurais pu lui faire un meilleur cadeau que de l'amener là où elle a toujours dit vouloir retourner.

Son ton était léger, mais mon cœur battait fort à ses mots. J'avais passé beaucoup de temps à douter de ma décision de venir ici cette année passée. La seule décision que je n'avais pas remise en question était l'adoption d'Em. Il n'y avait eu aucune raison de réfléchir à ça. Dès le moment où ma sœur m'avait demandé de le faire, je connaissais la réponse. J'aimais déjà Emily plus que tout. Même si je ne me sentais pas du tout capable de l'élever parfois, je ne doutais pas de ma décision. Et pourtant, ça n'avait pas été facile de reprendre les rênes. Sans parler de faire mon deuil de mon père et de ma sœur, et de supporter la douleur perforante de voir ma mère sombrer doucement dans l'oubli.

Je pris une bouchée de ma nourriture en savourant le goût gras du flétan avant de prendre une autre gorgée de vin. Il me fallait un moment pour rassembler mes pensées. Je n'étais pas aussi émotive d'habitude, mais Jesse me faisait un effet étrange. Après une grande inspiration, j'optai pour un sujet plus léger.

— Tu veux dire qu'il faut que je prévoie quelqu'un d'autre que Waffle pour surveiller ma mère?

Il lâcha immédiatement un sourire, puis un rire grave qui me fit frissonner.

— C'est un renfort en cas d'urgence uniquement.

Ce n'est pas vraiment un plan. Je suppose que tu le sais déjà, mais même si ta mère résiste au début, je pense qu'une fois que tu auras quelqu'un à qui elle est habituée qui l'aide, elle se calmera.

Je pris une grande inspiration pour souffler avant de reprendre une gorgée de mon vin.

— Je crois que tu as raison, dis-je doucement. Je suis en train de me faire à l'idée.

Le reste du dîner se passa normalement. Enfin, si on ne parle pas du fait que c'était pour moi ce qui se rapprochait le plus d'un rendez-vous galant depuis la fac. Même si c'était un rendez-vous assez accidentel. Et pourtant, alors que Jesse était assis en face de moi, extrêmement canon, avec ses cheveux ambrés et son regard vert malin, je n'avais pas cessé d'avoir envie de lui pendant une seconde.

Par miracle, je n'avais pas passé la soirée à m'inquiéter pour ma mère. Elle allait bien, elle était en sécurité et j'allais la voir le lendemain matin. J'avais l'impression de pouvoir mettre mes inquiétudes dans un coin et d'avoir le droit de les oublier pour un soir. C'est donc exactement ce que je fis.

Chapitre Quatorze

JESSE

Charlie était assise en face de moi, les joues rouges, le visage détendu et ses magnifiques cheveux dégringolant sur ses épaules. Pendant ce temps, je n'arrivais pas à penser à quoi que ce soit d'autre qu'à la ramener à l'hôtel pour la mettre nue.

Mais j'étais un garçon bien élevé. Je réussis à tenir le temps du dîner. Je n'allais pas me transformer en homme des cavernes en l'attrapant comme un sac à patates à peine sortis. Je pris sa main dans la mienne alors que l'on rentrait à l'hôtel en fin de soirée.

L'air était frais avec un vent salé arrivant de la baie. C'était une soirée calme, le son des vagues qui s'écrasaient sur la plage et le chant des mouettes au loin nous berçaient. Quand on arriva à l'hôtel, une fois dans l'ascenseur, je jetai un œil à Charlie. Nos yeux se rencontrèrent et la flamme prit vie, réchauffant l'air autour de nous.

Je n'hésitai même pas. Alors que sa main était encore dans la mienne, je m'approchai d'elle pour la tirer vers moi. On se rencontra doucement. Sa main remonta pour attraper l'arrière de mon cou et elle se mit sur la pointe des pieds pour m'embrasser. Je ne savais pas qui avait embrassé l'autre en premier.

Tout ce que je savais, c'était que dès que mes lèvres trouvèrent les siennes, un feu s'embrasa autour de nous. Quelques secondes plus tard, sa langue s'enroulait autour de la mienne et elle se cambrait vers moi. Son corps était frais et sentait le même arôme que le vent de dehors.

Je ne remarquai même pas que l'ascenseur s'était arrêté avant d'entendre le bruit des portes qui s'ouvraient, me ramenant à la réalité. En me reculant, j'attrapai son regard. Ses yeux étaient brûlants et ses lèvres étaient gonflées de notre baiser. C'était une bonne chose que je sois capable de me contrôler. Sinon je l'aurais baisée juste là, dans cet ascenseur.

Au lieu de ça, j'attrapai sa main dans la mienne encore une fois et la tirai avec moi pour en sortir, et on courut presque vers notre chambre. En me débattant avec la clé, j'ouvris la porte de la chambre et entrai avant de me retourner vers elle.

On s'écrasa contre la porte en arrachant nos vêtements. Charlie grimpa presque sur mon corps, les jambes enroulées autour de mes hanches alors que je la soulevai contre moi. Sa tête cogna contre la porte quand j'arrachai mes lèvres pour goûter sa peau.

Le bruit me sortit de ma transe et je relevai la tête.

— Ça va?

Les yeux de Charlie étaient sauvages, brillant d'éclairs argentés quand elle les ouvrit.

— Ouais, ouais, murmura-t-elle.

Elle descendit sa paume sur mon torse et l'enroula autour de ma queue qui faisait pression sur ma braguette. Je grognai et murmurai son nom. En plongeant la tête, je m'avançai pour l'embrasser à nouveau, mais elle glissa vers le bas en me prenant par surprise.

Puis elle se retrouva à genoux devant moi, à me regarder d'en bas à travers ses épais cils noirs pendant qu'elle déboutonnait ma braguette. Ma queue se libéra de mon caleçon, si dure qu'elle me faisait mal. En se penchant en avant, elle passa sa langue sous mon membre pour venir attraper la goutte de liquide pré-séminal qui pendait au bout.

— Bordel, Charlie, grognai-je.

Elle rit doucement, ce qui ne fit qu'amplifier le besoin qui montait en moi. Sans me quitter des yeux, elle se pencha en avant encore une fois, enroulant son poing à la base de ma bite. Je baissai la main parce qu'il fallait que je m'accroche à quelque chose, et je m'agrippai à ses cheveux en la regardant me faire perdre la tête.

Un autre passage de sa langue puis elle m'avala dans la chaleur de sa bouche. Avec une prise lâche sur ma base, elle me branla doucement alors qu'elle m'avalait encore et encore. Le plaisir me saisit, ses griffes s'emparant profondément de moi. Mais ce n'était pas comme ça que je voulais me lâcher. Pas tout de suite. Je m'agrippais au peu de contrôle qu'il me restait, tant bien que mal, mais juste assez pour ralentir le besoin retentissant qui menaçait d'exploser en une vague à tout moment.

— Charlie, crachai-je.

Elle s'arrêta en se reculant avant de se lécher les lèvres. Elle était tellement sexy avec ses cheveux lâches, ses joues rouges et ses lèvres humides et gonflées.

Je n'avais aucune idée de ce que je voulais dire. Mais puisque j'étais incapable de prononcer un autre mot, je l'attrapai pour la relever contre moi. En deux pas, nous arrivions au lit. Je retirai son t-shirt. Elle suivit rapidement le mouvement, retirant son legging alors que je jetais mon propre t-shirt au sol et retirais complètement mon jean. Au milieu de tout ça, on finit par tomber sur le lit.

Sa peau était douce contre la mienne alors qu'elle bougeait pour se cambrer contre moi. J'étais à moitié au-dessus d'elle, la jambe installée entre ses cuisses. Ses seins collés contre mon torse alors que je l'embrassais comme si elle était mon oxygène et que je ne pouvais pas vivre sans elle. J'avais l'habitude d'être capable d'être un peu plus délicat. Mais avec Charlie, il n'y avait pas de finesse, tout était primaire et sauvage.

J'avais besoin de la goûter. J'attrapai ses lèvres pour arracher un autre baiser puis je me reculai doucement, déposant des baisers le long de son cou et entre ses seins. Je jouai avec ses tétons du bout de mon pouce, savourant ses petits cris rauques.

J'explorai son corps, descendant lentement en voyant ma queue durcir encore plus. Ses cheveux étaient étalés sur les oreillers, emmêlés, sombres. Sa peau était rougie.

En plongeant la tête à nouveau, je déposai des baisers sur son ventre, passant mes doigts dans ses plis. Elle était chaude et mouillée. Je plongeai un doigt en elle avant de coller ma langue sur son bouton. Elle était salée et sucrée. Tout ce que je voulais. J'attrapai sa hanche d'une main, jouant avec mes doigts de l'autre alors que je prévoyais de la rendre folle.

Avec ses cris rauques et ses hanches qui se balançaient vers ma bouche, elle était au bord de l'orgasme plus vite que ce que j'attendais. Je voulais savourer ce moment. J'adorais la voir exploser. La femme si sérieuse et professionnelle que j'avais appris à connaître avait un côté sauvage et ça m'arrachait presque toute illusion de contrôle. En plus de tout ça, la réalité était que plus j'apprenais à la connaître, à comprendre la personne qu'elle était sous tout ce sérieux, plus je voulais qu'elle se laisse aller de plus d'une façon.

Elle hurla alors qu'elle se serrait autour de mes doigts quand je fis un cercle autour de son clitoris avec ma langue, l'aspirant doucement dans ma bouche. Je ne pouvais pas attendre. J'étais trop proche du bord. En me levant, je fis le chemin inverse sur son corps, positionnant mes hanches entre les siennes. Sa chaleur mouillée m'appelait alors qu'elle enroulait ses hanches autour de moi.

À la dernière seconde imaginable, je me souvins que je n'avais pas enfilé de protection.

— Merde, marmonnai-je en me reculant rapidement.

Elle suivit mon mouvement et se retrouva au-dessus de moi.

— Tu vas où? murmura-t-elle, d'une voix autoritaire et rauque.

En la regardant avec ses cheveux étalés sur ses épaules, sa peau rose et ses lèvres gonflées, je grinçai des dents pour m'accrocher à mon contrôle. Ça demandait tout ce que j'avais de ne pas m'enfoncer en elle pour sentir les plis mouillés de sa chatte avaler ma queue.

— Capote, lâchai-je.

Ses yeux s'écarquillèrent et elle ne bougea pas, me regardant un instant.

— J'ai un stérilet, dit-elle enfin. Pas parce que je prévoyais ça, mais je suis médecin. J'ai un esprit pratique.

Elle rougit encore plus avec un regard un peu hésitant.

— Tu es sûre? demandai-je.

— Je suis clean. Je n'ai couché avec personne

d'autre que toi depuis trois ans. Je te fais confiance et tu me le dirais s'il fallait que je m'inquiète.

— Bien sûr, mais c'est toi qui décides, pas moi.

— Dans ce cas... murmura-t-elle dans un sourire coquin.

Elle se souleva entre nous pour attraper ma queue entre ses hanches et m'attirer vers son centre crémeux, centimètre par centimètre. C'était un vrai paradis.

— Voilà, dit-elle doucement une fois qu'elle était assise sur moi, et que j'étais enfoncé en elle jusqu'à la garde.

En la regardant, les cheveux tombant sur ses épaules et ses yeux jetant des éclairs, mon cœur se mit à battre fort. Elle était splendide, absolument magnifique et sexy, mon souffle se coinça dans ma gorge.

Je savais que c'était plus que juste du désir. Chaque moment avec elle était tellement puissant, la connexion physique entre nous se transformait en une toile d'araignée d'intimité, nous rapprochant toujours un peu plus l'un de l'autre.

Puis elle commença à bouger. En m'accrochant à ses hanches, je la laissai dicter le tempo alors qu'elle se soulevait et plongeait, se balançait sur moi. Tout se mélangea en une sensation de plaisir, alors que le besoin montait en moi à chaque caresse.

Chapitre Quinze

CHARLIE

— Charlie... murmura Jesse d'une voix rauque qui me prenait le cœur.

En me forçant à ouvrir les yeux, je rencontrai son regard juste au moment où il passa la main entre nous pour appuyer sur mon clitoris. Il ne m'en fallait pas plus alors qu'il plongeait encore une fois en moi. Mon plaisir se serra fort avant de se relâcher, des étincelles d'électricité se répandaient en moi alors que je criais et que je me serrais autour de lui. En tombant contre lui, son soupir rauque résonna en moi alors qu'il se tendait et que je sentais la chaleur de son explosion en moi.

Il me caressa le dos en me gardant près de lui. On resta immobile un instant, dans le silence de cette pièce dérangée seulement par le son de nos respirations saccadées et brutes. Sa peau était collante, comme la mienne. Avec une joue contre son torse, j'écoutais le battement de son cœur en union avec le mien.

Après quelques minutes, je me relevai en posant mon menton sur ma main. Il ouvrit les yeux, un sourire lent étira son visage. Une vague d'émotions me traversa. Je ne pus retenir un large sourire. C'était tellement agréable d'être avec lui. J'étais détendue au plus profond de mes os, comme je ne l'avais pas été depuis des années. Quand la vie va à cent à l'heure et qu'il vous arrive des choses difficiles, vous développez une telle tolérance à l'inquiétude et aux tensions que vous en oubliez presque ce que ça fait de se détendre, même temporairement.

— Tu es à moi pour la nuit, murmura-t-il doucement, sa main remontant mon dos pour caresser mes cheveux.

— Oui, répondis-je en pensant à quel point c'était splendide.

Après ça, le souvenir de ma vie habituelle entra dans mon esprit. Il y avait tellement de raisons pour lesquelles ça n'avait aucun sens de penser à une romance.

Qu'il puisse lire dans mes pensées ou non, Jesse suivit mes pensées.

— Il n'y a aucune raison de t'inquiéter là tout de suite. Ta mère va bien. Emily passe sans doute un super moment chez Kayla, suggéra-t-il.

Je pris une grande inspiration, et j'expirai avec un soupir tremblant.

— Je sais, je n'ai pas l'habitude de ne pas m'inquiéter.

— J'ai remarqué.

Il ne dit rien d'autre pour le moment, et je me dis que nous en resterions peut-être là sur ce sujet. Mais non.

— Je sais que ces dernières années ont été difficiles pour toi.

Je sentais qu'il posait une question, même si ses mots semblaient former une affirmation.

— Hum, ouais, c'était deux, trois ans pas faciles. Normalement c'est le moment où tu ne dis rien, mais te dis silencieusement que tu ferais mieux de t'enfuir tant qu'il est encore temps, dis-je avec un rire, en repensant à tout ce que je lui avais balancé au restaurant.

Ce n'était même pas un rire amer. Ce que je n'ajoutai pas était que je survivrais au moment où ça arriverait, parce que je pensais que c'était inévitable. Ce serait dur, plus dur que prévu à mon avis.

Jesse chercha mon regard.

— Ma belle, je savais que ta vie était compliquée depuis le début, même quand je pensais que tu étais super coincée. Je ne vais pas m'enfuir pour ça.

Je ne savais pas tellement quoi penser de ça. Mais je ne pouvais pas retenir la vague de chaleur qui embrassait mon cœur. Je n'avais aucune idée de quelle place donner à Jesse dans ma vie, mais il semblait en prendre une.

— D'accord, dis-je enfin, sans savoir quoi dire d'autre.

— Est-ce que je peux te demander quelle est l'histoire du père d'Emily?

Je pris une autre grande inspiration parce que quoi que je dise, la réalité de ce sujet était plutôt déprimante.

— Eh bien, tu sais que j'ai dit que sa mère avait dix ans de plus que moi?

À son hochement de tête, je continuai.

— Elle est tombée enceinte pendant ma première année de fac. Ce n'était vraiment pas prévu. Je n'aime même pas dire que c'est le père d'Em, parce qu'il n'a jamais été là pour elle. C'était juste un géniteur, un gars que ma sœur a rencontré en soirée. Quand elle lui a dit qu'elle était enceinte, je ne crois pas qu'il en ait eu quoi que ce soit à faire. Sa seule question a été de savoir si elle allait se faire avorter ou non. Elle y a réfléchi, puis elle a décidé de garder le bébé, parce qu'elle le voulait vraiment. Et donc elle a fait ça. Je suis triste pour Em, qu'il n'ait jamais été là. Il n'a jamais payé un centime de pension alimentaire, et n'a jamais fait partie de leurs vies. De temps en temps, il appelle Emily. Il débarquait de temps en temps et demandait de l'argent à ma sœur. J'avais peur de devoir le gérer après la mort de ma sœur. Mais quand elle a su qu'elle allait mourir, et qu'elle savait qu'il n'y avait plus d'autres options, elle a lancé des démarches d'adoption qui prendraient effet à sa mort. Elle ne voulait pas que j'aie à m'inquiéter si jamais il décidait de contester une tutelle. Il n'a rien contesté, surtout quand j'ai accepté à l'avance de ne jamais lui demander de pension alimentaire. Ça a quand même fait beaucoup de mal à Emily.

Jesse resta silencieux.

— Quel connard, marmonna-t-il.

Je ris, parce que c'était la vérité pure.

— Ouais. Quel connard.

— Donc tu l'as adoptée?

— Oui. C'est ce que ma sœur voulait vraiment. Je n'ai jamais hésité à promettre de m'occuper d'Emily, mais je voulais que ce soit son choix. Je ne m'attendrais jamais à ce qu'elle m'appelle maman parce que je suis sa tante.

— Tu es une bonne mère, dit Jesse, sa main toujours dans mes cheveux, à me bercer.

— Tu crois? demandai-je en le regardant.

Il sourit, invitant encore une fois les papillons dans mon estomac. Bon sang. Je me demandais si mon attirance pour lui disparaîtrait un jour.

— Oui, vraiment. Même quand elle est de mauvais

poil avec toi, c'est une gentille môme. Après tout ce qu'elle a vécu, elle est vraiment chanceuse de t'avoir toi.

Chapitre Seize

JESSE

Le lendemain matin, je me réveillai avec Charlie, douce et sexy Charlie, en boule à côté de moi, ses fesses collées à ma queue. Ma queue qui était bien consciente de ses courbes généreuses. Elle était chaude, douce et c'était un réveil paradisiaque.

Mon visage était enfoui dans le creux de son cou. Je pris une grande inspiration, savourant son odeur poivrée avec une pointe de lavande. Mes mains commencèrent une exploration lente, descendant le long de son bras vers le creux de sa taille, par-dessus ses hanches, puis en diagonale sur son ventre doux pour attraper l'un de ses seins.

Je souris quand son téton pointa au contact de mon pouce. Je ne pouvais pas résister à l'envie de la goûter, plongeant la tête vers son cou pour l'embrasser, mon corps se serrant en réponse au frisson inconscient qui la traversa.

Je sentis qu'elle se réveilla, son corps se tendit légèrement puis un soupir lui échappa quand je serrai son téton entre mes doigts.

— Bonjour, murmurai-je entre deux baisers.

Elle bougea les jambes d'un mouvement qui se frotta à ma queue, qui ne fit que gonfler plus en réponse.

— Jesse, murmura-t-elle en gémissant quand je lui mordis légèrement le cou en passant ma main le long de la courbe de son ventre pour plonger entre ses cuisses.

Elle était chaude, mouillée et prête. Ses hanches se cambrèrent vers moi. Je décalai sa jambe, la soulevant juste assez pour me plonger en elle, à ma juste place.

Tout se faisait dans un demi-sommeil, sensuel, languissant.

On se balança l'un l'autre doucement, son canal serré me pompant lentement avec chaque va-et-vient de plus en plus profond. Je passai mes doigts sur son bouton, en faisant de petits cercles jusqu'à ce qu'elle se serre encore plus et hurle mon nom. Je la suivis vers le précipice alors que mon plaisir montait et explosait en moi, pour s'écraser en elle comme une vague.

On resta allongés, mes bras autour d'elle et mon membre plongé dans son centre pendant de longs moments. Je ne voulais pas me lever. J'aurais pu rester là toute la journée.

La réalité nous rattrapa quand le téléphone de Charlie sonna sur la table de chevet. Elle se tourna, croisant mon regard par-dessus son épaule, un sourire endormi sur le visage.

— J'imagine que c'est soit Emily, soit l'hôpital.

— J'imagine que tu as raison, répondis-je en attrapant ses lèvres pour un petit bisou avant de me retirer doucement.

Elle se leva et alla chercher son téléphone, complètement nue, me donnant ma première vraie chance d'admirer son corps.

Ses courbes généreuses qu'elle cachait si bien au

boulot, sous sa blouse blanche, ravissaient mes yeux. J'adorais le fait qu'elle ne soit pas trop mince.

Elle répondit à l'appel, avec surtout des « ouais, d'accord », avant de terminer sur : « À quelle heure devrais-je venir? »

J'en conclus que c'était sans doute l'hôpital. Je sortis du lit et me dirigeai vers la salle de bains.

Chapitre Dix-Sept

CHARLIE

Après avoir reçu l'appel de l'hôpital et avoir confirmé que je pouvais venir chercher ma mère pour sa sortie vers midi, je suivis Jesse vers la douche. Je découvrais petit à petit qu'il n'y avait aucun endroit où sa présence me laissait de marbre.

En entrant dans la douche déjà chaude, je trouvai Jesse adossé au mur, sous le jet d'eau, qui rinçait le savon de ses cheveux. À la seconde où je le vis, mon corps se tendit. Même s'il m'avait déjà fait jouir ce matin, ça ne changeait rien.

J'ordonnai à mon corps de bien se tenir. En fermant le rideau de douche derrière moi, j'attrapai le savon. Quand Jesse m'entendit, il ouvrit les yeux avec un sourire en coin.

— Quoi de neuf à l'hôpital? demanda-t-il.

— Oh, ils ont dit que ma mère allait bien. Elle pourra sortir vers midi.

Il plissa les yeux en se décalant pour me laisser passer sous le jet d'eau.

— C'est un peu tard, non? Tout va bien?

— Les heures de sorties sont basées sur l'administratif. Ils ne me diraient pas qu'elle peut sortir si ce n'était pas le cas. Ils ont dit qu'elle avait bien dormi et qu'elle papotait avec un autre patient qui a été admis la nuit dernière. Je me dis qu'on pourrait aller petit-déjeuner quelque part avant d'y aller. Ils doivent lui faire une prise de sang pour quelques analyses routinières. À son âge, c'est sans doute une bonne idée.

Jesse s'adossa au carrelage et hocha la tête alors que l'inquiétude quittait son regard.

— Super alors. Je suis content qu'elle ait pu se reposer.

Alors que je me rinçais le corps, son regard explorait ma peau. Il souriait quand ses yeux retrouvèrent les miens. Je sentis mes joues rougir alors que je me mettais du shampoing dans les cheveux.

Tranquillement, il me sourit puis sortit de la douche.

Je soupirai pendant que l'eau chaude coulait le long de mon corps. J'avais peur d'être en train de perdre le contrôle.

En sortant de la douche, je le trouvai devant l'évier à me tendre une serviette. Je dus me rappeler encore une fois que je ne pouvais pas me laisser aller à mes pulsions à chaque fois que je voyais son corps. Mais Jesse avec une serviette autour de la taille, son torse musclé encore humide de sa douche, et le menton mal rasé, c'était presque trop. Je réussis à résister, de peu.

Peu de temps après, nous étions tous les deux habillés et nous rendions nos clés de chambre.

— Tu sais où on peut petit-déjeuner? Tu as l'air de connaître le coin, commentai-je en m'installant sur le siège passager de sa voiture.

Il me regarda.

— Je viens souvent pêcher ici l'été. C'est un super

coin. Quand il fera plus chaud, on devrait venir passer quelques jours ici.

J'acquiesçai puis réfléchis au sens de son commentaire, à ce que ça impliquait. Qu'on ferait ça... comme un couple.

Sans savoir ce que j'en pensais, je demandai :

— Alors, une idée d'où prendre un bon café et un bon petit-déj'?

— Le Misty Mountain Café. Ils font du super café et proposent un petit-déjeuner.

— Alors, allons-y.

À mon hochement de tête, il démarra la voiture et se dirigea vers le sud de Diamond Creek. Où que je regarde, je voyais des montagnes et l'océan. La petite ville était installée au pied de la chaîne de montagnes avec la baie de Kachemak de l'autre côté. Quelques minutes plus tard, nous entrions dans le Misty Mountain Café. Le café était installé dans une ancienne cabane Quonset. C'était un espace ouvert et lumineux. Ils avaient modernisé l'intérieur avec des murs finis et des poutres en bois qui se croisaient au plafond. Le lieu était chaleureusement décoré par des rideaux et des nappes colorés.

Le café était presque plein et on s'engageait au bout de la queue qui menait vers le comptoir. C'était un lieu qui donnait envie de rester. Après avoir commandé nos cafés, on réussit à trouver une table qui donnait sur les fenêtres. Je pris une gorgée de mon café avant de souffler en regardant Jesse.

— J'adore le café. C'est ce qui m'a sauvée en médecine.

— Je suis un grand fan aussi. Ça me sauve chaque jour, répondit-il avec un sourire amusé.

On resta silencieux quelques instants. J'observai le café et me demandai ce que ça ferait si ce qui se passait entre Jesse et moi était plus qu'un mirage. J'avais eu l'impression de vivre un moment hors du temps, ce week-end.

Et la veille, j'avais eu l'impression que c'était un rendez-vous romantique, même si c'était accidentel. Mais ce matin encore plus, tout cela commençait à ressembler de plus à plus à autre chose qu'une aventure passagère.

Après avoir mangé, on se dirigea vers l'hôpital. On arriva devant la chambre de ma mère juste au moment où ils l'emmenaient faire sa prise de sang.

Quand elle vit Jesse, elle sourit.

— Jesse! Tu es encore là.

Il sourit et lui fit un clin d'œil, une main accrochée à sa poche de jean alors qu'il la regardait assise dans son fauteuil roulant.

— Bien sûr que je suis encore là. Tu pensais que j'irais où? Je te ramène à la maison aujourd'hui.

Ma mère rit, clairement ravie de sa réponse. L'infirmière qui poussait le fauteuil roulant nous regarda.

— Olive a été super. Quand elle ne dormait pas, elle a parlé à tout le monde.

— Comment tu te sens, maman?

Elle me regarda et haussa les épaules.

— Ça va. Ils disent que je vais avoir besoin d'un déambulateur.

— C'est ce que j'ai cru comprendre, répondis-je en hochant la tête et en me demandant si je devrais dire quoi que ce soit d'autre.

L'infirmière, comme si elle pouvait lire dans mes pensées, caressa l'épaule de ma mère.

— Olive, on vient d'en parler. Il faut que vous soyez stable pour marcher, donc c'est la règle.

Sur ces mots, elle me regarda et me fit un clin d'œil.

— On va au labo si vous voulez venir avec nous, proposa-t-elle.

— Super, dis-je en lui suivant.

Nous étions au troisième étage de l'hôpital. L'infirmière nous guida jusqu'au deuxième étage et vers un long couloir. Quel que soit l'hôpital, ils se ressemblaient tous : des couleurs pastel discrètes, les lumières puissantes et des gens qui marchent vite. Toujours propre, tout paraissait froid et stérile, ce qui était nécessaire pour que ça reste propre.

L'infirmière nous laissa dans la salle d'attente du labo. Je ne pouvais pas aller dans un laboratoire sans penser à ma sœur. La salle de chimio dans laquelle elle allait à Boston était juste à côté du labo de l'hôpital. Elle faisait souvent des aller-retours entre les deux pour ses traitements. Je me secouai, me rappelant que je ne pouvais rien changer au fait qu'elle soit morte. J'espérais juste avoir un peu plus de temps avec ma mère où elle serait à l'aise et se sentirait mieux.

— Olive? appela une voix.

On leva tous la tête vers une femme qui se tenait dans l'embrasure de la porte de la salle d'attente. Elle me plut immédiatement. Elle avait des cheveux presque noirs tirés en queue de cheval sur sa tête et des yeux bleu électrique. Elle portait une combinaison vert fluo avec des rayures roses et un ruban rose assorti retenait ses cheveux. Son sourire était contagieux.

— C'est moi, annonça ma mère depuis son fauteuil.

Jesse se leva et posa les mains sur les poignées du fauteuil, poussant ma mère vers la femme. Elle regarda ma mère et lui tendit la main.

— Je m'appelle Violet, ravie de vous rencontrer.

— Moi c'est Olive, et c'est un plaisir de vous rencontrer aussi, répondit ma mère.

Je découvrais un point positif à la perte de

mémoire de ma mère : elle était presque toujours de bonne humeur. Elle ne s'énervait que quand on parlait de changements, comme le déambulateur ou un aide-soignant à la maison.

Violet nous regarda tous.

— Vous êtes là pour être un soutien moral?

— Comme tu veux maman. Tu veux de la compagnie?

Ma mère regarda Violet, Jesse puis moi avant de hausser les épaules.

— Puisqu'ils sont là.

Violet sourit.

— Suivez-moi.

On la suivit dans un petit couloir vers une petite pièce. Violet pencha la tête sur le côté et révisa le dossier qu'elle avait entre les mains.

— On dirait qu'on fait juste des tests généraux aujourd'hui. Alors, Olive, quel bras préférez-vous? Le droit ou le gauche?

— Je peux choisir? demanda ma mère.

— Bien sûr. Tant qu'il y a une bonne veine, c'est vous qui décidez. Certaines personnes préfèrent se faire prélever du sang dans leur bras non dominant. Et certaines personnes préfèrent l'inverse parce que la douleur disparaît plus rapidement puisqu'ils utilisent le bras dominant plus souvent. Je vais être franche et vous dire qu'à votre âge, il vaut mieux choisir le bras que vous utilisez le moins.

Violet écouta patiemment ma mère lui raconter les histoires des oiseaux qu'elle avait vus la veille. J'étais plus que soulagée d'entendre qu'elle se souvenait de la majorité de la journée. Je me rendais compte qu'elle avait plus de mal à se souvenir d'évènements plus distants.

Violet la taquina et elles rirent de quelques blagues.

Quand elle eut terminé, on traversa le hall tous ensemble, alors que Jesse poussait ma mère. Violent tira doucement sur ma manche alors que l'on arrivait à la porte de la salle d'attente.

— Une petite question, dit-elle.

Jesse comprit le message et continua à avancer pour se diriger vers la salle d'attente.

Violet me regarda un instant.

— Je sais que ce ne sont pas mes affaires, et que vous ne me reverrez sans doute pas, mais ça vous aiderait beaucoup de trouver un peu d'aide pour vous occuper de votre mère. Elle est adorable, et je vois bien que vous vous inquiétez. L'infirmière m'a dit que votre mère dit qu'elle n'a pas besoin d'aide la journée. Mais je crois qu'un peu de compagnie lui ferait du bien.

Je ne connaissais Violet que depuis une dizaine de minutes. Mais elle disait ça d'une façon qu'il était facile d'accepter.

Je déglutis et soupirai.

— Je sais. J'y travaille.

C'était vrai, mais ma raison et ma tête se heurtaient encore à mes émotions. C'était dur, plus dur que ce que j'aurais imaginé. Je n'aimais pas regarder ma mère oublier de plus en plus de choses et j'essayais encore de me convaincre qu'elle allait s'en remettre, même si je savais, rationnellement, que ce n'était pas le cas. J'étais médecin après tout. Je savais ce qu'il se passait, mais ça ne changeait rien à mon deuil et au fait qu'il était difficile d'accepter cette réalité.

Le regard de Violet était chaleureux et compréhensif.

— D'accord. Si jamais vous pensez que je n'aurais pas dû dire ça, allez vous plaindre à ma supérieure. Elle sait que je dis souvent ce que je pense.

— Donc, vous voulez dire que vous donnez votre opinion à ceux qui semblent en avoir besoin? demandai-je avec un sourire amusé.

Violet sourit rapidement et haussa les épaules.

— Voilà. Bref, ravie de vous avoir rencontrée.

— De même.

Son bipeur sonna.

— Hé, Violet! dis-je alors qu'elle tendait la main pour l'attraper.

Elle me regarda.

— Merci.

Après avoir vu son grand sourire, je me retournai et allai rejoindre ma mère et Jesse dans la salle d'attente. Il arqua un sourcil, une question silencieuse dans les yeux.

— Tout va bien, murmurai-je.

Chapitre Dix-Huit

JESSE

Quelques jours plus tard, je prenais une douche à la caserne, en soupirant et en posant mes mains contre le mur de carrelage. L'après-midi avait été difficile. Il y avait eu un incendie dans un village non loin et plusieurs équipes avaient été appelées d'un peu partout autour parce que les flammes commençaient à prendre. Un vieux bâtiment minier avait pris feu. Malheureusement, un homme s'était retrouvé coincé à l'intérieur alors qu'il explorait. On avait réussi à éteindre le feu mais il était mort d'asphyxie avant qu'on atteigne la zone dans laquelle il était coincé.

Quoi que je me dise, ça faisait mal de perdre quelqu'un. Je laissai l'eau brûlante me laver de cette journée. J'étais physiquement épuisé et émotionnellement vidé. Je m'habillai avec certains des autres gars dans un silence lourd. Je m'assis sur le banc, attrapant une bouteille d'eau dans mon casier avant de la vider. Quand je la jetai dans la poubelle de recyclage dans le coin de la pièce, Ward entra dans les vestiaires.

Il s'adossa contre les casiers, en face de Caleb et

moi-même. Caleb et moi partagions les responsabilités de contremaître dans l'équipe de Ward.

— On a fait tout ce qu'on pouvait les gars. Avant même qu'ils nous appellent, il était probablement déjà trop tard, dit Ward d'un ton grave.

— Je sais mec, mais ça craint quand même, répondis-je en passant ma main dans mes cheveux avec un soupir.

Ce qui me pesait le plus était le fait que si on était arrivés à temps, on aurait pu sauver cet homme. Ce n'était en aucun cas la première fois que je devais gérer une mort, pendant mes dix ans de carrière de pompier forestier. J'avais même dû gérer la mort d'un coéquipier qui s'était trouvé piégé pendant un feu de forêt. Ça avait été horrible. Aujourd'hui, cet homme s'était retrouvé dans la partie arrière de la mine, coincé derrière le feu à l'avant du bâtiment. Chaque mort était un poids.

— Ouais, c'est toujours horrible, dit Caleb sèchement.

Ward soupira et hocha doucement la tête.

— Je sais. On fait tout ce qu'on peut, et on ne peut pas faire plus. Il nous reste la garde de ce week-end. Est-ce que l'un d'entre vous a besoin de se faire remplacer?

— Nan, ça va, répondis-je alors que Caleb hochait la tête en unisson.

Nous avions souvent les mêmes réactions lui et moi, et nous préférions nous plonger dans le travail.

Alors que je rentrais chez moi, je n'arrivais pas à penser à autre chose qu'au fait que je voulais voir Charlie. D'ailleurs, j'aurais donné à peu près n'importe quoi pour dormir à ses côtés ce soir. Alors que je tournais vers la route qui menait jusqu'à chez moi, je remontai mon allée avant de m'arrêter. Je voulais...

non. J'avais besoin de voir Charlie. Je sortis mon télé-phone pour lui envoyer un petit message.

Je me suis dit que je pourrais passer. Pizza?

Je finis la route jusqu'à chez moi et m'arrêtai pour nourrir Waffle avant de la faire monter dans la voiture. Je retournai en ville pour aller chercher trois pizzas. Je n'avais même pas attendu que Charlie me réponde, mais je fus soulagé quand elle m'envoya un SMS.

Ça marche. Em est de mauvaise humeur. Un peu de pizza lui ferait sans doute plaisir.

Malgré ma journée difficile, le simple fait de savoir que j'allais voir Charlie suffisait à enlever un petit poids de mes épaules. Waffle était très heureuse, évidemment. Elle adorait bouger, où qu'on aille.

Quelques minutes plus tard, j'arrivai au bout de leur allée. Après que j'eus frappé à la porte, Charlie m'ouvrit. Waffle se jeta dans la maison et je regardai Charlie. Vu qu'Emily nous regardait, c'était une bonne chose que mes mains aient été prises par les pizzas. Sans ça, je n'aurais pas pu m'empêcher de prendre Charlie dans mes bras.

J'avais juste besoin de sa présence.

— Entre, dit-elle, en me faisant signe de m'avancer alors qu'elle reculait.

Waffle jouait déjà avec Emily, installées par terre. Je m'avançai et vis Olive assise à la table de la cuisine, endormie sur sa chaise.

— Tu aurais pu me dire que ta mère dormait, dis-je en chuchotant alors que je traversais la pièce avec elle.

Charlie me sourit par-dessus son épaule en me guidant jusqu'à la cuisine.

— C'est pas grave. Elle dort beaucoup. Elle aurait pu être réveillée à ton arrivée et s'endormir au milieu du repas.

Charlie attrapa des assiettes, me tendit une bière

et se servit un verre de vin avant de s'installer sur l'un des tabourets de cuisine. Elle attrapa mon regard et chuchota.

— Normalement, je demande à Emily de venir manger avec nous, mais je vais la laisser tranquille. Je crois qu'il s'est passé quelque chose à l'école aujourd'hui parce qu'elle est de mauvaise humeur depuis qu'elle est rentrée. Non pas qu'elle soit un rayon de soleil d'habitude. Je veux lui dire qu'elle peut me parler, mais je sais que je suis la dernière personne à qui elle a envie de parler. J'ai l'impression que je ne peux rien faire des fois, mais du coup je m'inquiète.

— C'est sûrement une bonne idée de lui laisser de l'espace. Je vais voir si elle veut un peu de pizza en revanche, parce que j'ai pris sa préférée. La veggie deluxe qu'elle adore.

Ce n'était pas grand-chose d'amener la pizza préférée d'Emily, mais le sourire de Charlie me donna l'impression que je venais de faire quelque chose d'extraordinaire. Cette femme s'était fait une place au plus profond de mon cœur, et c'en était la preuve. Ce n'était pas comme si j'avais évité les relations sérieuses, jusque-là. Je n'avais même pas de rupture horrible dans mon rétroviseur. Mais je n'étais pas habitué à ce que quelqu'un compte autant pour moi.

Charlie l'avait dit elle-même, sa vie était vraiment compliquée. C'était drôle de voir que ces complications ne me faisaient rien du tout. Avec elle, rien ne paraissait compliqué. Ça faisait simplement partie de sa vie. Ça ne m'avait jamais traversé l'esprit de prendre mes distances.

En regardant par-dessus mon épaule, j'appelai Emily. Quand elle leva la tête, je demandai :

— Tu veux de la pizza? J'ai pris ta préférée.

J'avais passé assez de temps avec ma propre nièce

ces temps-ci pour savoir que les choses changeaient vite. Il y avait de bons et de mauvais jours. Et comme Charlie me l'avait dit, aujourd'hui semblait être une journée plutôt négative pour Emily. Elle avait toujours été polie avec moi. Mais ce soir, elle avait un regard contrarié sur le visage. Elle resta silencieuse un instant, la main plongée dans la fourrure sur le cou de Waffle.

— Ouais, pourquoi pas, dit-elle enfin avec un gros soupir.

C'était comme si manger était une corvée.

Je retins mon sourire. Je savais que ça n'aiderait en aucun cas, mais les émotions adolescentes étaient drôles parfois, surtout quand c'était pour quelque chose d'aussi bête que de la nourriture.

Charlie attrapa mon regard avec l'ombre d'un sourire qui se pointait au coin de ses lèvres.

— Merci, chuchota-t-elle.

Olive ne se réveilla pas de tout le dîner, et je me battais avec le désir de dormir à côté de Charlie ce soir. Mais nous n'en étions pas encore là.

Pendant qu'on rangeait la cuisine, Emily marmonna quelque chose quand Charlie lui demanda d'amener son assiette à l'évier. Charlie se retourna en plissant les yeux. Torchon en main, elle posa sa paume sur sa hanche et regarda Emily.

— Emily, il est parfaitement évident que tu n'es pas de bonne humeur ce soir. Tu as été malpolie avec tout le monde. Mais le moins que tu puisses faire est d'amener ton assiette ici, dit-elle fermement.

Emily traîna des pieds jusqu'à la cuisine et jeta presque son assiette dans l'évier. Je l'entendis se briser alors qu'elle atterrissait au fond.

— Eh... commençai-je à dire avant de me taire en me rendant compte que je n'avais pas le droit de dire quoi que ce soit.

Emily se tourna vers moi avec un regard noir. Avant qu'elle n'ait le temps de dire quoi que ce soit, Charlie s'interposa.

— Emily, tu viens de casser ton assiette. C'est pas normal de faire ça.

Emily fondit en larmes un instant plus tard avant de regarder Charlie en disant :

— De toute façon, Jesse est plus important que moi pour toi. Comme n'importe qui d'autre.

Sur ces mots, elle s'enfuit à l'étage pour s'enfermer dans sa chambre en claquant la porte si fort que l'on ressentit la vibration en bas.

Charlie semblait soufflée. Son visage était pâle, une larme coula le long de sa joue.

— Je n'arrive pas à croire qu'elle ait dit ça. Pourquoi est-ce qu'elle pense ça?

— Hey, je doute qu'elle le pense, elle est juste de mauvaise humeur. On dit tous des choses nulles quand on ne va pas bien.

Je m'approchai d'elle pour la prendre dans mes bras. Elle se tendit pendant un moment puis se détendit contre moi, son front s'écrasant contre mon torse.

— Je sais que tu as raison, mais c'est nul. Il faut que j'aille lui parler, OK?

— Bien sûr, dis-je en passant ma main dans ses cheveux et le long de son dos.

J'avais complètement oublié ma journée. Parce que tout ce que je voulais, c'était m'occuper d'elle pour qu'elle aille mieux. Je sentis qu'elle allait me demander de partir. Même si je comprenais pourquoi, ça ne me plaisait pas.

Elle se recula, serrant ma main dans la sienne.

— Merci pour la pizza. Désolée que ma mère ne se soit pas réveillée. Elle adore tes visites, tu le sais.

Je souris.

— J'imagine qu'elle aime simplement avoir de la compagnie. Je vais y aller. Je sais que tu veux parler à Emily.

Charlie me raccompagna jusqu'à la porte, sortant dehors avec moi et fermant doucement la porte derrière elle. Il était tard dans la soirée, le ciel était entre lumière et obscurité. Les yeux de Charlie brillaient dans la lueur de la lune, pleins d'intensité. Elle se pencha vers moi et je plongeai en elle. Sa main passa dans mes cheveux et vers l'arrière de mon cou alors qu'elle approchait doucement ses lèvres des miennes.

Je soupirai, la rapprochant plus près parce que j'avais besoin de sentir son corps contre le mien, d'absorber cette sensation. Notre baiser commença doucement, un contact délicat. Ce point de connexion était électrique, un éclair de flammes qui s'élevait après lui.

Notre baiser devint immédiatement chaud, profond et intense, mais c'était plus de l'émotion que du désir. Je vibrais encore de la mort de cet homme pendant mon intervention aujourd'hui, et Charlie portait toujours ses poids internes. Quand elle se cambra vers moi et commença à gémir dans ma bouche, je sus qu'il était temps de reculer. Parce que j'en voulais toujours plus avec elle.

D'un dernier coup de langue, je me reculai en attrapant sa lèvre inférieure avec mes dents. Je la tins contre moi encore une fois, en regardant ses yeux brûlants.

— Il faut que j'y aille.

— Pourquoi? murmura-t-elle.

— Parce que dès que je t'embrasse, je veux plus, dis-je, mes lèvres se courbant en un sourire.

Elle semblait avoir complètement oublié qu'elle voulait parler à Emily.

Ses épaules montaient et descendaient au rythme de ses respirations. Ses seins étaient pressés contre mon torse. Elle plissa le nez et pencha la tête sur le côté.

— D'accord, d'accord. Merci encore.

Alors que je reculais à contrecœur, je réalisai que Waffle était encore dans la maison.

— Il faut que je récupère Waffle.

Charlie recula d'un pas de plus, en se retournant pour ouvrir la porte. Waffle attendait sans doute, et sortit à toute vitesse au moment où Charlie ouvrit la porte.

Plus tard cette nuit-là, je m'installai à la fenêtre pour regarder le ciel étoilé. Les étoiles brillaient dans l'obscurité et la lune jetait ses rayons argentés sur le paysage. Je me demandai si Charlie dormait déjà.

Chapitre Dix-Neuf

CHARLIE

Le lendemain matin, j'étais en avance et j'étais déjà fatiguée. Ma mère avait dormi pendant le dîner, mais elle s'était réveillée plusieurs fois pendant la nuit. C'était le plus gros problème quand elle faisait la sieste. Elle n'essayait jamais de me réveiller, mais j'avais le sommeil léger. Dès qu'elle était debout, je suivais.

Il était maintenant tout juste huit heures et ma mère s'était rendormie. De son côté, Emily ne s'était toujours pas levée. Pour l'instant, je profitais du calme et du silence. J'avais fait du café, grillé un bagel puis je m'étais installée à la table de la cuisine, côté fenêtre.

La vue était splendide, mais j'avais compris que c'était le cas partout en Alaska. Il y avait un petit champ derrière la maison qui menait vers la forêt et la montagne au loin. On m'avait dit que le champ prendrait des couleurs au printemps et en été, quand les fleurs reviendraient. Pour l'instant, il restait encore quelques zones de neige sous l'ombre des arbres et l'herbe était encore gelée.

Le ciel était couvert aujourd'hui, ce qui s'accordait parfaitement avec mon humeur. J'avais essayé de parler à Em la nuit dernière, mais ça n'avait mené à rien. Parfois, je rêvais d'avoir un mode d'emploi pour les enfants. Je ne savais même pas de quoi je devais m'inquiéter. En tant que médecin et que femme qui avait été adolescente à une époque, je savais que ça pouvait simplement être ses hormones. Je me dis que j'allais appeler le gynéco du coin pour prendre rendez-vous pour elle.

Ce qui n'allait pas lui plaire. J'avais presque dû la traîner à son rendez-vous à Boston, et elle s'était débattue. C'était une bataille qui ne me dérangeait pas trop et je voyais surtout l'aspect pratique.

Quant à ma tentative de discussion de la nuit dernière, elle était assez bien élevée pour ne pas me claquer la porte au nez. Mais quand j'avais essayé de lui parler, elle avait refusé de retirer ses écouteurs et était restée les bras croisés à me regarder.

Les moments comme ceux-là me donnaient l'impression d'avancer complètement à l'aveugle dans son éducation. J'étais assez intelligente pour réaliser que chaque étape de son développement amenait de nouveaux défis, qu'elle soit mon enfant biologique ou non. Mais certaines étapes semblaient n'être conçues que pour torturer les parents avec un sentiment d'échec. Surtout pour les parents qui étaient arrivés tard dans le jeu, comme moi.

Je n'avais pas hésité une seule seconde à adopter Emily. Je l'aimais de tout mon cœur, comme ma propre fille. Mais j'avais l'impression d'essayer de rattraper un train en marche parce que je n'avais pas été sa mère quand elle était plus jeune. J'étais sa tata cool jusqu'au moment où sa mère était tombée malade.

J'étais assise à table à siroter mon café et à manger mon bagel, en me demandant de quelle humeur elle serait ce matin et si j'allais réussir à trouver un moyen de lui parler. Je ne pouvais pas m'empêcher de m'inquiéter de son commentaire de la nuit dernière.

Je jonglais tellement vite avec toutes mes responsabilités, entre le boulot, ma mère et Emily, que je comprenais pourquoi elle pouvait avoir le sentiment de se fondre dans la masse. Peut-être que je l'avais laissée tomber. D'ailleurs, je ne savais pas jongler. J'avais essayé une fois. Il avait semblé que je n'avais aucune coordination. Du tout.

Je me demandais ce qu'Em voyait entre Jesse et moi. Même si je voulais me jeter tête la première dans ce qui se passait entre nous, sa réaction m'avait clairement montré que ce n'était peut-être pas le bon moment.

Je repoussai ces pensées et pris une grande gorgée de mon café en regardant deux corbeaux atterrir dans le champ derrière la maison. Une pie chantait fort dans les arbres, puis passa au-dessus d'eux, zappant dans l'air comme un petit avion puis remontant juste avant de les toucher. Le lever de soleil traversa ses ailes, créant un rayon irisé de bleu et de vert dans le ciel pendant un instant.

J'entendis les pas d'Emily dans les escaliers et je regardai par-dessus mon épaule quand elle entra dans la cuisine. Elle semblait d'humeur neutre. Elle n'avait pas l'air à fleur de peau, comme hier soir, mais elle n'était pas joyeuse non plus. J'imaginais que j'en avais espéré trop. Je restai silencieuse jusqu'à ce qu'elle me regarde.

— Bonjour, tata Charlie.

Oh, bien. Elle me parlait.

— Bonjour. Tu veux un bagel?

Elle acquiesça et je me levai pour aller lui en préparer un. Elle se servit un verre de jus d'orange, et je mis un bagel dans le grille-pain pour elle. Quelques minutes plus tard, c'était prêt. Après qu'elle se fut installée à table, je la rejoignis, en me demandant comment lui parler de son commentaire de la veille.

J'avais accidentellement réussi à être plus douée pour choisir mes combats. Mais je n'étais pas une grande stratège. Je ne savais tellement pas comment gérer Em parfois que je choisissais d'ignorer les problèmes aussi longtemps que possible, tant que ce n'était rien de grave, simplement parce que je ne savais pas quoi faire.

Mais le commentaire d'Emily sur Jesse et le sentiment que je n'avais pas de temps pour elle ne semblait pas être quelque chose que je pouvais ignorer.

Après qu'elle eut mangé la moitié de son bagel, je la regardai.

— Je me suis dit qu'on pourrait parler de ce que tu as dit hier soir.

Elle plissa les yeux et passa une main dans ses cheveux en bataille. Elle paraissait si jeune parfois. C'était dur de croire qu'elle avait déjà quinze ans, et qu'elle serait techniquement adulte dans trois ans. Elle avait vécu tellement de choses, bien plus que ce que n'importe quel enfant ne devrait avoir à gérer à son âge.

— Qu'est-ce que j'ai dit? demanda-t-elle enfin.

Je considérai le simple fait d'avoir une réponse comme une victoire.

— Quand tu as dit que je passais plus de temps avec Jesse qu'avec toi. Je ne t'en veux pas d'avoir dit ça. Je veux simplement comprendre. Je ne veux vraiment pas que tu aies cette impression, et je sais que j'ai été plutôt occupée. Je cours dans tous les sens comme une folle depuis des années, donc occupée n'est pas un mot nouveau pour moi, mais je ne veux pas que tu penses que je n'ai pas de temps pour toi. Et si c'est ce que tu ressens, j'ai besoin de le savoir pour libérer du temps pour toi.

Elle regarda son assiette, découpant son bagel en plein de petits morceaux avant de les étaler en cercle.

— C'est rien. Je disais juste ça parce que j'étais de mauvaise humeur. C'est bon? demanda-t-elle.

Elle leva les yeux cette fois, et je vis le défi dans ses yeux. Il n'y avait aucune raison d'insister, donc je n'insistai pas, même si j'avais toujours un pincement d'inquiétude dans un coin de ma tête.

— C'est bon, mais notre conversation n'est pas terminée, répondis-je en me forçant à ne pas tout laisser passer.

Elle soupira et se leva pour remplir son verre de jus d'orange avant de revenir à table.

— Je ne veux pas que tu utilises ça comme excuse pour passer plus de temps solo avec moi, dit-elle en levant les yeux au ciel.

C'était une petite blague entre nous. J'avais été un peu trop présente dans les mois qui avaient suivi la mort de sa mère. Une amie à Boston m'avait aidée à prendre un peu de recul sur ça, en m'encourageant à être présente pour elle sans la forcer à passer du temps avec moi.

— Oh non, je sais bien que ce n'est pas ce que tu veux, contrai-je avec un rire.

Elle s'avachit sur sa chaise en face de moi et commença à manger les petits morceaux de son bagel.

— Écoute, on n'a pas beaucoup parlé ces temps-ci, et je sais que tu n'aimes pas trop parler de quoi que ce soit, mais si tu as besoin, je veux que tu saches que je suis là pour toi.

J'attendis, en retenant presque mon souffle pour voir comment elle réagirait. Mes mots semblaient si simples mais je ne voyais pas comment le dire autrement : j'étais là pour elle si elle voulait parler.

Après quelques minutes, elle leva la tête à nouveau.

— J'étais de mauvaise humeur hier parce qu'un gars que j'aimais bien à l'école kiffe une autre meuf. Et c'était la honte parce que je croyais qu'il m'aimait bien.

— Oh, Emily. Je suis désolée. C'est nul, répondis-je en le pensant entièrement.

Parce que c'était nul. L'adolescence était un moment de vie intense où toutes les aventures et pressions sociales étaient amplifiées.

— Ouais. Vraiment. Et il est bête. La fille qu'il aime bien est jolie, mais elle est méchante, dit-elle avec un soupir.

Je soupirai avec elle.

— Ça arrive. J'aimerais pouvoir te dire que c'est rare, mais ça arrive.

— Ah bah merci pour les conseils encourageants, dit-elle en levant les yeux au ciel alors qu'elle riait.

Après un instant, son rire s'éteignit et elle pencha la tête sur le côté.

— Vraiment.

Sans trop savoir de quoi elle parlait, j'arquai un sourcil.

— Ce que j'ai dit sur le fait que tu n'avais plus de temps pour moi. Je ne le pensais pas. J'étais juste d'une humeur de merde. Ça n'excuse rien mais...

Ses mots se perdirent avec un haussement d'épaules, et elle rougit.

Je savais que c'était un sacré effort pour elle, de s'ouvrir comme ça, et pas juste avec moi, mais avec tout le monde. Ma poitrine se serra. En respirant doucement, j'attrapai sa main dans la mienne.

— Merci de me dire ça, mais si un jour tu as l'impression que je n'ai pas assez de temps pour toi, je veux que tu me le dises. D'accord?

Son regard gris clair tint le mien avant qu'elle n'acquiesce.

Ma mère descendit les marches à ce moment-là, mettant fin à notre conversation.

————

Jesse m'écrivit plus tard, me demandant s'il pouvait passer encore une fois et me demandant comment allait Emily. Je lui dis que ce soir n'était pas le bon moment. Je ne savais pas s'il y avait des soirs qui seraient le bon moment. Même si Emily m'avait dit que son commentaire était venu de sa colère, ça m'inquiétait. Ma vie était vraiment compliquée. Plus je passais de temps avec Jesse, plus mon cœur prenait les rênes. Je ne savais pas si c'était une très bonne idée.

Chapitre Vingt

JESSE

Lundi matin, je passai au Firehouse Café pour un café et une dose de vérité à la Janet. Je n'avais pas vu Charlie depuis vendredi, et ça m'énervait beaucoup. Parce qu'elle me manquait vraiment.

Je ne pouvais pas dire que j'envisageais un avenir avec elle, parce que tout avait été improvisé. Et je n'avais en aucun cas prévu de me retrouver emmêlé si profondément dans ce que je ressentais pour elle, que je me retrouvais sens dessus dessous après trois jours sans elle.

En entrant dans le café, je vis Beck qui faisait la queue. Beck était un bon ami. Il travaillait à la caserne depuis plus longtemps que moi. Nous avions fait partie de la même équipe à une époque. Après quelques changements et redistributions, ce n'était plus le cas.

— Salut mec, lança Beck dès qu'il me vit.

Je m'arrêtai à côté de lui dans la file d'attente.

— Salut. Comment ça va?

— Eh bah, on a un môme qui ne fait pas ses nuits donc je suis fatigué tout le temps, mec. Le plus fou, c'est que c'est Max. Il dort mal. Carol n'a que trois mois et elle dort comme une grande pour l'instant, dit-il en secouant doucement la tête. Honnêtement, j'adore les mômes, mais le manque de sommeil, c'est dur.

Même si Beck était plutôt honnête sur son niveau de fatigue, il restait plaisant, comme toujours. C'était vraiment le genre de personne facile à vivre. Depuis qu'il était tombé amoureux de Maisie, il s'était complètement rangé. C'était dur de croire qu'il avait été un dragueur fini par le passé, qui n'avait jamais envisagé quoi que ce soit de sérieux. Il s'était transformé en mari et père exemplaire comme si c'était une seconde nature et il adorait sa nouvelle vie.

— Bon à savoir. Je prendrai ça en compte, proposai-je avec un sourire.

On avança avec la file d'attente. Il me regarda à nouveau.

— Donc qu'est-ce que tu faisais avec la docteure Lane et sa mère au Festival des Oiseaux, exactement?

Un autre truc à savoir à propos de Beck était qu'il n'hésitait pas à poser toutes les questions qui lui passaient par la tête. La plupart des gars étaient discrets, et observaient en silence s'ils étaient curieux. « Si » était le mot-clé. Pas Beck. Il mettait son nez dans les affaires de tout le monde.

— Sa mère voulait vraiment y aller, donc j'ai proposé de les emmener, dis-je simplement.

Alors que je répondais, je réalisai que quelle que soit l'histoire entre Charlie et moi, c'était quelque chose de vague et de parfaitement privé. Je ne voulais pas que ça reste un secret. Je voulais quelque chose de vrai, de concret.

— Donc, tu proposes à n'importe qui d'être leur chauffeur maintenant? demanda-t-il avec un sourire joueur.

Je gloussai. Beck n'était pas dupe. Malgré son côté détendu, il était très observateur.

— Elles vivent juste à côté de chez moi. Et peut-être que j'aime bien Charlie.

Beck gloussa.

— C'est ce que je me disais. J'ai dit à Doc que je ne pouvais pas la voir elle parce qu'elle est trop jolie. Ne le prends pas mal. Je ne ressens rien pour elle. Mais ça me fait juste bizarre de l'avoir en tant que docteure. Enfin, tu sais.

Il hocha la tête vigoureusement comme si j'étais censé comprendre.

J'explosai de rire.

— Je comprends, mec. Bref...

J'hésitai parce que je n'étais pas certain de pouvoir parler de ce genre de choses avec lui. Mais je n'avais jamais eu une raison d'essayer. Beck était une bonne personne à qui parler. On récupéra nos cafés. Je le regardai et demandai :

— Hey, est-ce que tu veux qu'on s'asseye quelques minutes?

Beck accepta immédiatement. Il n'allait pas rater sa chance de faire une vraie pause. Après quelques gorgées de mon café, je le regardai.

— Je crois que j'ai besoin de conseils romantiques, dis-je en entrant directement dans le vif du sujet.

Beck pencha la tête sur le côté, prit une longue gorgée de son café et hocha lentement la tête.

— C'est ce que je me disais. J'ai vu comment tu la regardais. Tu l'aimes vraiment bien. Pour ce que ça vaut, je ne la connais pas vraiment. Mais, je crois que c'est tout ou rien avec elle.

Je ne pus m'empêcher de rire.

— Ma question était plutôt du genre, comment je lui fais comprendre que je suis sérieux?

Beck me regarda un instant puis passa sa main dans ses cheveux.

— Tu dois être direct, mec. C'est ce que j'ai dû faire avec Maisie. La différence entre toi et moi, c'est qu'elle pensait que j'étais un coureur de jupons. Elle ne me prenait pas au sérieux du tout.

— C'est aussi simple que ça?

— Mec, je ne suis pas un expert. Mais je n'ai pas l'impression que ce soit une femme légère. Honnêtement, elle est un peu stricte, sévère. Si elle pense que tu ne prends pas votre relation au sérieux, elle te traitera probablement comme une tâche de plus dans son calendrier. Sérieusement, si elle est importante pour toi, dis-lui.

Je ne savais pas trop comment prendre ce conseil, même si j'étais plutôt d'accord avec son analyse de Charlie. Je n'avais pas l'impression qu'elle attendait beaucoup de moi. J'avais plutôt l'impression qu'elle était surprise. Comme j'étais moi-même surpris de moi-même, ce n'était pas un choc. Mais elle avait des limites claires dans sa vie. Si elle ne savait pas que je prenais notre relation au sérieux, Beck avait sans doute raison. Elle garderait ses distances pour s'assurer que je sache que ce n'était rien de plus que du sexe.

Je ne savais pas ce que je faisais, mais je savais que c'était plus qu'une relation charnelle pour moi. En pensant encore à ça, je me dirigeai vers la caserne. La journée fut longue. On reçut plusieurs appels en ville puis un appel pour un gros incendie en campagne.

Pour la première fois de ma vie, je ne savais pas quoi penser à l'idée de quitter la ville. D'habitude, je n'hésitais pas une seule seconde quand on nous appelait pour une intervention. Mais aujourd'hui, c'était différent. Ne serait-ce que parce que je n'avais pas vu Charlie depuis des jours. Il n'y avait aucune chance de la voir maintenant. Même si la saison des incendies était encore jeune, plus la neige fondait et les choses séchaient, plus il y aurait de feux. Le début du printemps était l'une des pires périodes de l'année car les campagnes étaient sèches.

Nous nous dirigions vers un feu au beau milieu du territoire intérieur qui menaçait plusieurs villages autochtones de l'Alaska, ainsi qu'un gros hôtel de chasse et pêche. Dans l'agitation de l'équipe qui se préparait à décoller, je sortis mon téléphone de ma poche et sortis pour composer le numéro de Charlie.

Je ne m'attendais pas à ce qu'elle réponde car c'était le beau milieu de sa journée de travail. Mais je ne voulais pas simplement lui écrire. Comme prévu, je tombai sur son répondeur. Son message était extrêmement neutre.

C'est Charlie. Laissez un message et je vous rappellerai.

Salut, c'est Jesse. Je ne t'ai pas vue depuis quelques jours. J'espérais passer ce soir, mais on part en intervention vers un incendie. Je serai probablement en campagne pour une semaine, au moins. Peut-être moins, peut-être plus. Je m'arrêtai un instant, me demandant quoi dire d'autre et me souvenant que c'était un message vocal. *Bref, le réseau sera sûrement un peu instable. Je t'écrirai si je peux.* Je m'arrêtai avec l'envie de dire autre chose mais sans savoir si c'était une bonne idée. Et merde. *Tu me manqueras.*

Je raccrochai et retournai vers la caserne, triste de ne pas avoir pu lui parler directement.

Ouais et quoi? Tu ne peux pas arranger tout ça en trois minutes au téléphone.

Je secouai ces pensées en me dirigeant vers les vestiaires. Ward courait dans tous les sens pour s'occuper de deux ou trois trucs. J'allai voir Caleb puis j'entendis le son de l'hélicoptère qui se posait derrière le bâtiment.

Une demi-heure plus tard, notre équipe était prête et Fred Banks, notre pilote pour la journée, nous faisait décoller. Je regardai Willow Brook disparaître au loin. Devant nous, Denali s'élevait haut, telle la pièce maîtresse de l'Alaska qu'elle était. La montagne majestueuse était encore couverte de neige et le serait tout l'été.

Caleb me jeta un regard et croisa le mien.

— Ça va, mec? demanda-t-il.

Je haussai les épaules.

— Ouais.

Je n'étais pas prêt à parler de mon mal-être intérieur causé par Charlie, encore moins maintenant. Ce n'était rien.

Caleb resta silencieux, en m'évaluant du regard. Je me doutais que Beck n'était pas le seul à avoir remarqué qu'il se passait quelque chose entre Charlie et moi. Willow Brook était une petite ville, ce qui voulait dire que les commérages allaient vite. Nous n'avions pas été très publics, mais nous étions allés au Firehouse Café, qui était en quelque sorte le centre de l'univers à Willow Brook. Qu'il soit curieux ou non, je n'étais vraiment pas d'humeur à en parler pour l'instant. Pas tout de suite.

Caleb avait eu ses propres soucis romantiques l'année dernière. Son ex était revenue en ville, et ils s'étaient enfin retrouvés après une histoire compliquée. Quelqu'un d'autre dit quelque chose à Caleb et il me quitta des yeux. Je m'adossai à mon siège d'hélicoptère et regardai le paysage sous nos pieds.

Moins d'une heure plus tard, l'hélicoptère se posa au camp. On voyait la fumée au loin et les flammes caressaient le ciel. Cette partie de la forêt était pleine d'arbres morts. La neige avait fondu, libérant des pans d'herbes mortes qui dataient de l'été dernier et qui n'attendaient que de prendre feu.

Une fois qu'on fut sortis de l'hélicoptère, on se déploya dans le camp. Je suivis Ward avec Caleb pour débriefer avec l'équipe qui était en place depuis ce matin. Mes pensées tournaient en boucle sur Charlie alors que je me plongeais dans le boulot.

Chapitre Vingt-Et-Un

CHARLIE

En m'enfonçant dans ma chaise de bureau, je me penchai en avant pour retirer ma blouse. La journée avait été longue. Alors que je pensais que j'aurais enfin quelques minutes pour ouvrir ma boîte mail et pour faire un peu d'administratif en ligne, Rachel passa sa tête dans l'ouverture de la porte.

— C'est madame Stan, annonça-t-elle.

Je ne me souvenais pas du jour où elle avait inventé ce code pour me dire que ma mère m'appelait, mais c'était efficace. Dès qu'elle vit l'expression de mon visage, Rachel sourit gentiment.

— Ne t'inquiète pas, elle est juste au téléphone. Tu veux que je lui parle et que j'essaie de la calmer?

— Non, dis-je avec un soupir.

En levant les mains, je libérai mes cheveux de leur chignon. Dès que je fis ça, je me souvins du commentaire de Jesse sur le fait qu'il aimait quand j'avais les cheveux détachés, et mon cœur trembla de façon étrange.

Rachel était là, à me regarder.

— Ça va?

— Ouais, ouais, ça va.

J'avais passé plusieurs nuits à mal dormir. Ma mère avait réussi à prendre un rythme où elle dormait quasiment toute la journée puis se baladait dans la maison la nuit. La nuit dernière, j'étais heureuse d'avoir installé une alarme pour la porte parce que mon téléphone s'était mis à vibrer immédiatement, me réveillant, quand elle était sortie dehors au beau milieu de la nuit. Je frissonnais à l'idée qu'elle se perde dans la forêt la nuit, en pensant à ce qui pourrait lui arriver.

Je vis que Rachel n'était pas convaincue par ma réponse quand elle pencha la tête sur le côté et croisa les bras. J'essayais juste de la rassurer mais j'aurais bien eu besoin d'un petit discours d'encouragement. Mais il fallait que j'appelle ma mère.

— Il faut que je l'appelle. On reparle plus tard, d'accord? Tu pars bientôt?

— Ouais, je vais au Wildlands pour boire un coup avec Holly. Tu veux venir?

Je secouai la tête doucement.

— Je peux pas. Surtout si ma mère est stressée. Il vaut mieux que je rentre chez moi.

Rachel soutint mon regard un instant, et je sentais qu'elle voulait ajouter quelque chose. Mais elle ne fit rien. Alors que j'attrapais mon téléphone sur le bureau, elle commença à s'éloigner avant de revenir.

— On parlera demain. Je sais que tu as quelques personnes à contacter, et je sais que Janet t'a parlé des groupes de seniors à la maison de retraite. Il faut que tu fasses quelque chose, pour ne pas avoir à t'inquiéter tout le temps. Et tant qu'on est sur le sujet, ta mère a besoin de compagnie, dit Rachel, très directement.

Je sentis ma gorge se serrer. Je déglutis et hochai la tête.

—Je vais le faire. Je te le promets.

Ma réponse sembla lui suffire, et j'en fus soulagée. Je ne mentais pas, il fallait vraiment que je le fasse. Quand Rachel fut partie, j'attendis que la porte soit fermée pour appeler ma mère.

Elle répondit immédiatement.

— Où es-tu? Je ne trouve pas ton père.

Ça faisait plusieurs semaines que ça ne lui était pas arrivé. Mais ça ne rendait pas ça plus facile. J'avais l'impression de marcher sur un fil entre ma tête et mes émotions quand j'essayais de gérer ce sujet avec ma mère. Et comme toujours, mes émotions me déstabilisaient. J'essayai de sécher mes larmes avant qu'elles ne coulent, mais je n'y arrivai pas. Je serrai le téléphone et fis de mon mieux pour ne pas que ça s'entende dans ma voix.

— Je rentre bientôt, d'accord? Je vais aller chercher des pizzas.

J'avais complètement laissé tomber l'idée de cuisiner quoi que ce soit moi-même, ce qui était une bonne chose. Ces derniers temps, j'avais l'impression de ne pas être capable de faire mieux que des plats préparés et de la nourriture à emporter. J'aimais cuisiner. Mais je n'avais pas l'impression d'en avoir le temps.

Ma mère accepta ma réponse, ce qui fut un grand soulagement. Je raccrochai après lui avoir rappelé qu'Emily rentrait juste après les cours. Il y avait beaucoup de choses qu'elle ne comprenait pas très bien. Mais elle n'oubliait jamais les détails d'un emploi du temps. Mais des choses comme la mort de mon père semblaient plus difficiles à intégrer. J'essuyai mes larmes et pris plusieurs inspirations tremblantes. Je savais que je ne pouvais pas remonter le temps, mais c'était une torture de voir son état se dégrader. J'avais l'impression de ne rien pouvoir faire, mes émotions ne faisaient que s'empiler les unes sur les autres, sans me donner de solution.

Alors que j'allais chercher les pizzas et que je rentrais à la maison, Jesse occupait mes pensées. J'avais entendu son message et j'avais été déçue immédiatement. Pas parce qu'il faisait son boulot. Je savais qu'il devait faire son boulot. J'étais déçue parce qu'il me manquait déjà. Je l'avais évité tout le week-end et maintenant, il serait absent pendant des semaines. La réaction d'Emily et l'inquiétude qu'elle m'amenait me trottaient toujours en tête.

Ce n'était pas comme si j'avais eu un petit copain récemment. Je n'étais sortie avec personne depuis des années. J'avais essayé de sauver notre famille seule, et Emily n'avait jamais eu à se demander ce qu'elle ferait si j'invitais un homme dans nos vies. Il fallait aussi que je prenne en compte le fait qu'elle n'ait jamais eu de bon exemple de relation romantique. Son père n'avait jamais fait partie de sa vie, et sa mère n'était jamais vraiment sortie avec quelqu'un d'autre.

La réaction d'Emily face à la possibilité que je sorte avec quelqu'un serait lourde et compliquée dans le meilleur des cas. Et ce n'était clairement pas le meilleur des cas.

Le fait que Jesse et moi ayons couché ensemble comme des bêtes deux fois ne voulait rien dire. Je ne savais pas ce qu'il se passait entre nous, et je ne savais pas si c'était une très bonne idée de se laisser aller à ces pulsions. J'avais clairement d'autres choses à prioriser, comme Em et ma mère et mon état émotionnel, qui était instable au mieux.

Et pourtant, aller chercher des pizzas me faisait penser à Jesse. Le simple fait de penser à des pizzas me faisait penser au fait qu'il était toujours détendu avec ma mère. Et même s'il n'était pas le seul, ça me surprenait toujours parce qu'il était tellement masculin. Il dégageait une puissance et une masculinité facile, et sa douceur avec elle m'avait surprise.

Je savais très bien que Rachel et Janet avaient raison. La meilleure chose pour ma mère serait d'avoir quelqu'un pour m'aider. Elle passait trop de temps seule. Je me promis en rentrant à la maison que j'irais voir Janet dès le lendemain matin pour organiser cette visite de la maison de retraite, où les groupes de seniors avaient lieu.

Ça me paraissait moins violent que d'essayer de trouver quelqu'un qui viendrait chez nous pour s'occuper de ma mère.

———

Je me réveillai tôt après une nuit seulement partiellement agitée. J'avais entendu ma mère se lever vers une heure du matin et je m'étais levée pour vérifier que tout allait bien. Elle était simplement allée se chercher un verre de lait avant de retourner se coucher.

Mon téléphone vibra sur ma table de chevet et je me retournai en me frottant les yeux. J'attrapai mon téléphone, encore à moitié endormie, me redressai et regardai l'écran. C'était un texto de Jesse. Mon cœur sursauta et je me sentis soudainement très triste, sans savoir pourquoi.

Hey, au final on a un peu de réseau au camp. On va aller en forêt pendant quelques jours. Et je le pensais. Tu vas me manquer.

Je soupirai et mon cœur se serra. Je n'avais pas fait

exprès d'ignorer son message d'hier. J'avais répondu très tard dans la nuit. Mais je n'avais pas eu le courage de lui dire qu'il me manquait déjà.

Je me sentais très lâche.

Chapitre Vingt-Deux

CHARLIE

Quelques jours plus tard, je m'installai à une table au Firehouse Café. En jetant un œil autour de moi, je pris une grande inspiration et soupirai. Il y avait du monde, mais la foule matinale des jours de semaine n'était pas encore là. Janet arriva rapidement avec mon café. Elle s'installa sur la chaise à côté de moi. Elle dégagea sa tresse de son épaule et pencha la tête sur le côté, puis poussa mon café devant moi.

— Aujourd'hui donc? demanda-t-elle.

— Ouais. Je me suis dit que je passerais ici d'abord avant d'emmener Emily à l'école. Tu veux venir avec moi? demandai-je.

Janet hocha la tête.

— Ça va aller, dit-elle en me prenant la main.

C'était comme si je faisais quelque chose de terrifiant, alors que j'emmenais simplement ma mère rencontrer un groupe de seniors avec Janet. J'avais tellement peur de sa réaction.

Janet se dépêcha d'aller chercher quelques affaires pendant que je buvais mon café. Une fois qu'elle fut prête à partir, on rejoignit ma voiture, un petit break qui tenait encore le coup après avoir fait la route depuis Boston. Quand on arriva à la maison, Emily débarqua avec son sac à dos. Emily connaissait le plan de la journée et était prête à aider. Ma mère la suivit jusqu'à la voiture, bien plus lentement à cause de sa canne. Elle acceptait d'utiliser son déambulateur dans la maison mais n'aimait pas l'utiliser à l'extérieur. Elle n'avait pas protesté quand je lui avais demandé d'utiliser une canne, ce que je considérais comme une victoire. Elle avait déjà vu Doc pour sa hanche, et elle se remettait bien.

Emily monta à l'arrière, écarquillant les yeux en voyant Janet, mais sans perdre une seconde.

— Salut Janet, ça va?

— Pas mal. Prête pour l'école? demanda Janet.

— Il faut bien! répondit Emily avec un haussement d'épaule.

Em sortit de la voiture pour aider maman à monter. Une fois que ma mère fut installée à l'arrière, elle regarda Janet d'un air confus. Après un moment, ses yeux s'éclaircirent.

— Janet, quel plaisir de te voir! Qu'est-ce que tu fais là?

Je soufflai, soulagée qu'elle ne soit pas plus inquiète de la présence inattendue de Janet.

— On va aller voir un ami à moi après avoir déposé Em à l'école, répondit Janet.

J'étais très reconnaissante envers Janet de nous accompagner, parce que si ça n'avait été que moi, ma mère m'aurait assaillie de questions. Avec Janet, elle se contenta de sourire comme si c'était parfaitement logique. On déposa Em au lycée puis je suivis les directions de Janet. Quelques minutes plus tard, nous y étions. Le simple fait de voir le lieu me rassura. Même si Willow Brook était une petite ville, je ne connaissais pas tout, et je n'avais jamais vu ce lieu.

Je pensais que j'allais arriver devant un grand bâtiment médical. Mais nous venions d'arriver devant une maison de taille moyenne, et ça donnait vraiment l'impression d'aller rendre visite à un ami. En suivant Janet, ma mère entra dans la maison avec sa canne. L'hôpital de Diamond Creek avait eu parfaitement raison sur leur diagnostic. Pendant le rendez-vous que ma mère avait eu avec Doc Johnson la semaine suivante, il avait constaté que la fracture était presque entièrement guérie. Elle n'était pas très mobile, mais elle n'avait pas l'air de souffrir.

Elle y mettait beaucoup du sien la plupart du temps. Ne serait-ce parce qu'elle avait découvert qu'elle aimait bien utiliser le déambulateur dans la maison. J'en avais ramené quatre à la maison : un par salle de bains et un pour chaque étage. Comme ça elle n'avait pas à s'inquiéter d'en oublier un quelque part.

On suivit Janet vers une porte sur le côté, qui nous amena dans la cuisine. Il était évident que la maison de retraite avait été rénovée, avec une cuisine un peu plus industrielle que dans une maison normale. De l'autre côté d'une arche se trouvait le salon, un espace ouvert et lumineux avec plusieurs petits espaces assis, et deux tables. Il y avait cinq ou six autres personnes âgées qui passaient la journée ici aujourd'hui. Une femme avec des cheveux courts, frisés et gris et de grands yeux bleus nous regarda alors qu'elle parlait avec une autre femme. Elle dégageait une chaleur maternelle.

— Janet, ça fait plaisir de te voir, lança-t-elle alors qu'elle donnait une petite tape sur l'épaule de la personne avec qui elle parlait avant de se diriger vers nous. Ravie que tu aies pu passer.

Ma mère semblait légèrement suspicieuse mais elle

resta silencieuse en regardant Janet et cette autre femme, que je supposais être Norma.

Janet regarda ma mère puis Norma.

— Olive, voici Norma.

Ses yeux passèrent à moi.

— Et voici Charlie.

Je ne savais pas ce que Janet avait dit à Norma, mais elle semblait parfaitement à jour sur le plan, et nous parlait comme si nous venions simplement rendre visite à une amie. D'une certaine façon, c'était ce que nous faisions.

En quelques minutes à peine, Norma avait installé ma mère à côté d'un groupe de femmes qui buvaient un thé. Quelques-unes d'entre elles faisaient des mots fléchés, une autre tricotait et d'autres encore jouaient aux cartes. Il y avait un jeu vidéo sur un écran dans le coin qui faisait un bruit de fond. Quand ma mère la regarda avec un air curieux, Norma lui sourit.

— Le petit-fils d'Howard lui a offert ce jeu, donc il aime bien s'entraîner, expliqua Norma avec un petit rire.

Ma mère adora cette réponse. Norma réussit à intégrer ma mère au jeu de cartes en douceur. Une fois que ma mère fut occupée, Norma nous raccompagna à la porte. Mon inquiétude dut se voir sur mon visage.

— Ne t'inquiète pas. Je t'appellerai s'il se passe quoi que ce soit, dit Norma.

Le regard d'acier de Janet croisa le mien, avec une douceur bienveillante, et me donna la force dont j'avais besoin.

— À quelle heure veux-tu que je vienne la chercher? demandai-je.

— Elle peut rester jusqu'au dîner si tu veux. Mon emploi du temps varie. Aujourd'hui, c'est une des journées où je travaille tard, donc je serai là jusqu'à vingt heures. On a d'autres professionnels aussi parce qu'on a quelques résidents à plein temps.

Je l'écoutai et me sentis lentement hocher la tête.

— Eh bien, si la journée se passe bien, elle peut rester jusqu'au dîner?

— Bien sûr, répondit Norma alors que ses joues s'arrondissaient en un sourire.

J'allai voir ma mère à sa table et me penchai vers elle.

— OK, maman. Je dois aller au travail. Norma a dit que tu peux rester si tu veux. Qu'est-ce que tu en penses?

Ma mère me regarda, un peu distraite.

— Bien sûr. Va travailler. Je suis bien là.

Ravie de la facilité de cette transition, je partis avec Janet. Je me tournai vers elle une fois que nous étions dans la voiture, pris une grande inspiration avant de soupirer.

— Merci. On va voir comment ça se passe, mais j'avais besoin de ça.

Janet rencontra mon regard, ses yeux marron se plissant avec son sourire.

— Je crois que ça va très bien se passer.

Elle s'arrêta comme si elle réfléchissait à ses mots.

— Tu sais, je ne t'ai pas parlé de cet endroit juste pour faire ma commère. Je suis la première à admettre que je mets mon nez dans les affaires des autres, lança-t-elle avec un petit rire. Mais j'ai vécu quelque chose de similaire avec ma mère. Et comme tu peux l'imaginer en me connaissant, je voulais m'occuper de tout, toute seule. Ce n'était pas très intelligent. Pas sur le long terme. Comme pour beaucoup de gens, ma mère a eu du mal à accepter le changement et les nouvelles choses. Mais j'imagine qu'une fois qu'elle se sera habituée, ta mère passera beaucoup de bons moments ici.

— Je crois que tu as raison. J'avais juste besoin qu'on me pousse un peu, on dirait. Toi, Rachel et Holly, vous avez réussi à faire en sorte que je demande de l'aide. J'en ai besoin, et ma mère aussi. Merci encore.

Janet me salua quand je la déposai au Firehouse Café quelques minutes plus tard. Je me dirigeai vers le cabinet avec un sentiment de soulagement. Je me jetai dans une journée de travail chargée et oubliai mes soucis, pour une fois.

Jesse occupait mon esprit, et je me demandais comment il allait. Mais je n'avais aucune façon de le savoir puisqu'il était au milieu de nulle part. Je réfléchis à lui envoyer un SMS au cas où il aurait un moment pour regarder son téléphone quand il se trouverait dans une zone avec du réseau.

Avant de pouvoir y penser plus longtemps, j'avais sorti mon téléphone et je tapais.

J'espère que tu vas bien.

Je regardai l'écran, en me demandant si je devais lui dire ce qui me trottait dans la tête et dans le cœur. La vérité était qu'il me manquait. Avant de pouvoir conclure quoi que ce soit dans ma tête, je vis mes pouces se mettre à écrire. Ce n'étaient que trois mots. Au moment où je cliquai sur « Envoyer », j'eus envie de tout reprendre. Parce que je ne savais pas si c'était le bon moment. Mais il était trop tard puisque j'avais déjà envoyé mon message. Mes joues étaient rouges et je rangeai mon téléphone avant de foncer vers mon prochain rendez-vous, en me demandant si j'étais folle.

Chapitre Vingt-Trois

CHARLIE

Une semaine plus tard, je m'écrasais sur une chaise au Wildlands, en face de Rachel. Avec quelques ajustements, habituer ma mère à passer ses journées chez Norma s'avérait être la bonne décision. C'était sans doute la meilleure décision que j'avais prise depuis que ma vie était partie en flammes.

Aujourd'hui, Norma travaillait tard, et Emily passait la soirée avec une amie. Ce qui voulait dire que j'avais du temps pour moi pour la première fois depuis des années. J'étais au bout du rouleau et je ne savais pas quoi faire de ce moment jusqu'à ce que Rachel insiste pour que je vienne au Wildlands avec elle.

Rachel me regarda avec un sourire amusé et ses grands yeux bleus.

— C'est super. Tu passes du temps avec tes amis, comme un être social.

Je souris et levai les yeux au ciel.

— Tu sais, je n'ai jamais rien eu contre les sorties. Mais ma vie a été un peu folle.

Rachel leva les yeux au ciel à son tour avant de regarder la serveuse qui s'approchait de notre table. Je sentis mon téléphone vibrer dans la poche de mon manteau. Rachel commanda une bouteille de vin et je sortis mon téléphone pour trouver un SMS de Jesse.

Mon pouls s'accéléra et un sourire naquit sur mon visage. Je n'avais reçu qu'un message depuis que je lui avais dit qu'il me manquait, comme une idiote. J'avais essayé de ne pas y penser, mais il n'avait pas parlé du fait que je lui avais avoué ça. Je me sentais bête de savoir que ça m'embêtait. Bon sang, il s'occupait d'un feu dans la forêt, il n'avait pas besoin que je sois bizarre et collante.

Ce SMS fit danser mon cœur. *On rentre. Je devrais atterrir à la caserne d'ici une demi-heure.*

— Qu'est-ce qui te fait sourire? demanda Rachel après que notre serveuse se fut éloignée.

Pendant un instant, j'hésitai à changer de sujet mais j'avais bien besoin de ses conseils.

—Jesse revient. Ce soir.

Rachel sourit largement, un éclat dans les yeux.

— Et il t'écrit pour te le dire?

Mes joues rougirent, mais je les ignorai.

— Oui.

— Donc qu'est-ce que tu vas faire?

Je lui avais raconté mon « histoire » inattendue avec Jesse plus tôt dans la semaine, autour d'un déjeuner, et lui avais dit que je ne savais pas quoi en penser. Elle m'avait dit très directement d'arrêter d'utiliser ma vie comme excuse.

—Je ne sais pas.

— Eh bien, je crois que tu devrais lui dire de te rejoindre ici. Tu as une soirée de libre, tu ferais mieux d'en profiter.

— Je dois quand même aller chercher ma mère à vingt heures.

Rachel regarda sa montre puis leva les yeux vers moi.

— C'est dans presque quatre heures.

C'était l'un des jours où le cabinet fermait à quinze heures. Nous avions deux après-midis de fermeture pour compenser les deux soirées d'ouverture. Avant que j'aie le temps de répondre, Holly vint nous rejoindre, en amenant son amie Ella. Quelques minutes plus tard, trois autres femmes s'étaient rajoutées à notre table. Amelia et Lucy, qui possédaient la compagnie de construction, et Maisie que je connaissais déjà.

J'avais rencontré Maisie quand elle était venue au cabinet avec son mari Beck quand il s'était blessé la main et j'avais appris à ce moment-là qu'elle travaillait à la caserne, en tant qu'opératrice. Elle appelait souvent notre cabinet pour nous prévenir si l'un des pompiers venait nous voir pour une blessure mineure.

J'avais presque oublié ce que c'était que de traîner avec des amis. Même si je ne connaissais pas très bien ces femmes, je voyais bien que nous pourrions devenir amies. Rachel et Holly étaient celles dont je me sentais assez proche pour dire que nous étions amies.

Maisie se retrouva assise à côté de moi. J'étais un petit peu pompette quand je lui lançai un sourire.

— J'ai entendu dire que tu sortais avec Jesse.

Quoi?

Ça sortait un peu de nulle part et je n'avais aucune idée de comment répondre. Amelia était assise en face de moi, à côté de Lucy. Elles avaient vraiment toutes deux des airs différents. Amelia était grande avec des cheveux et des yeux marron. Elle faisait presque une tête de plus que Lucy, qui était petite, fine et blonde. Elle avait l'air d'une fée. À part quand elle ouvrait la bouche. Elle était piquante, sarcastique et directe.

Je fus surprise quand Lucy attrapa mon regard, avec un air de compréhension.

— Oh, j'oubliais. Tu es un peu nouvelle dans le coin. C'est un peu dur. Tout le monde connaît tout le monde. La rumeur a commencé quand vous étiez au Firehouse Café et apparemment Jesse t'emmenait au Festival des Oiseaux avec ta mère. Le moulin à potins a déterminé que c'était forcément sérieux, car il n'y aucune autre raison qui pousse un homme à emmener une femme et sa mère à ce genre de choses.

Alors que mes joues s'enflammaient, je pris une grosse gorgée de vin et fis le tour de la table du regard. Je bredouillai :

— Il vit juste à côté, il a juste proposé d'aider.

Holly était assise de l'autre côté de moi et me donna un coup de coude en secouant la tête.

— Oh non, je vous ai vus la première fois qu'il était à l'hôpital avec toi.

Je regardai Rachel avec un air de désespoir, en espérant qu'elle m'aiderait parce que c'était mon amie. Je savais que je rougissais, mais je ne savais pas comment gérer cette situation. En plus de tout ça, un petit courant ravi me traversait.

Rachel ne m'aida pas du tout. Elle haussa les épaules en riant.

— Ouais. Il n'arrêtait pas de te mater le cul.

Je pris une grande inspiration et la relâchai, en décidant de laisser tomber.

— Très bien. Je ne sais pas ce qu'il se passe entre nous.

Cinq paires d'yeux me fixèrent en attendant une explication.

— Donc c'est tout? demanda Amelia.

Puis Lucy.

— Qu'est-ce que tu veux que ce soit?

Je perdis tous mes mots. Une question si simple mais tellement importante. La réponse me vint rapidement et une boule de chaleur s'empara de mon cœur en pensant à Jesse. Si je pouvais me débarrasser de toutes les complications de ma vie, ce que j'aurais voulu était une chance. D'être avec Jesse.

Quand j'étais avec lui, tout était si simple. Le sexe, par exemple. Mais pas uniquement. Le quotidien était simple et j'étais à l'aise avec lui. C'était dur de me souvenir qu'il m'énervait au début.

Mais ma vie n'était pas simple. Je ne pouvais pas me débarrasser de quoi que ce soit. Comme un tableau blanc marqué au feutre indélébile, je ne pouvais rien effacer. Je ne pouvais pas ramener mon père ou ma sœur et il fallait que je m'occupe de ma mère et d'Emily. Je n'avais aucune idée de la place que Jesse pouvait occuper dans cette équation compliquée.

— Eh bien, ma vie est un peu compliquée, commençai-je.

Dès que je commençai à parler, je réalisai que j'avais dit ces mots si souvent ces dernières années, que c'était presque une habitude.

Holly parla la première.

— Tout le monde a une vie compliquée.

Rachel hocha la tête, avec empathie.

— Exactement ce que je lui dis. Si tu veux mon avis, c'est évident que tu l'aimes bien. Donc ne laisse pas ta vie t'arrêter.

La voix de Maisie m'arriva par-dessus mon épaule.

— Ouais, Beck dit que Jesse t'adore.

J'avais l'impression de tourner dans tous les sens alors que je regardais tout le monde à table avant de me tourner vers Maisie pour croiser son regard. Elle était plutôt mignonne avec ses boucles noires sauvages, ses grands yeux marron et ses taches de rousseur. Elle avait l'air complètement sérieuse.

— Je suis désolée, je ne comprends pas, réussis-je à dire.

Maisie répéta simplement ce qu'elle venait de dire.

— Beck dit que Jesse t'aime bien.

Amelia rit de l'autre côté de la table.

— Apparemment, Charlie ne savait pas que Beck parle à tout le monde. Je te jure, c'est une femme ce gars.

Maisie rit.

— Carrément. Il a parlé de toi à Jesse. Et comme la bonne commère qu'il est, il est rentré à la maison et m'en a parlé.

J'écarquillai les yeux, mais elle me tapota le bras.

— Ne t'inquiète pas, il ne raconte pas de potins en vrai. Il me dit juste tout, à moi. Même quand je ne veux pas le savoir.

Je ne savais pas quoi penser de l'avis de Beck, mais le coin de mon cœur qui mourait d'envie de retrouver Jesse se serrait dans tous les sens. Alors que je digérais ce détail incroyable, Ella répondit à un appel. Elle me regarda dès qu'elle posa son téléphone.

— Jesse arrive avec Caleb. Ils viennent d'atterrir. Il a dit qu'ils se douchaient puis qu'ils viendraient nous rejoindre.

— Jesse sait que je suis là?

À ce moment, j'eus l'impression d'être dans un univers parallèle, où tout le monde savait tout. C'était une toute petite ville, et je ne savais pas exactement quoi en penser.

— Ouais, j'ai prévenu Caleb. Il a demandé avec qui j'étais, et tu es là, donc...

Ses mots se transformèrent en un sourire chaleureux. Avec ses cheveux marron brillant et ses yeux verts, elle était vraiment jolie. C'était la plus discrète du groupe, mais elle semblait retenir chaque détail.

Rachel avait l'air ravie.

— Oh, c'est parfait. Maintenant tu peux boire autant que tu veux. Jesse peut vous ramener, toi et ta mère, chez vous.

Tout arrivait très vite. C'était ma première sortie entre amis depuis des années, j'étais entourée par des femmes qui semblaient avoir des opinions sur ma vie romantique malgré mon incertitude. J'avais l'impression d'avoir un groupe de pom-pom girls. Je ne savais juste pas vraiment ce qu'elles m'encourageaient à faire.

Chapitre Vingt-Quatre

JESSE

Je suivais Caleb dans le couloir arrière du Wildlands puis passai l'entrée du bar-restaurant. Je regardai de tous les côtés de la pièce, comme un animal assoiffé à la recherche d'une rivière. Dans mon cas, la rivière était Charlie.

L'incendie m'avait bien occupé. La tâche ardue de contrôler la propagation des flammes m'avait permis de ralentir un peu mes pensées sur elle. Quand on était rentrés à notre camp de base et que j'avais vu son message me disant que je lui manquais, j'avais presque crié de joie. La seule chose qui m'avait arrêté était la présence de mon équipe.

Mes yeux trouvèrent Charlie. Elle était installée à une table avec plusieurs amies. Ses cheveux étaient détachés et mon cœur se serra en la voyant. Je savais que c'était plus que du désir que je ressentais pour elle, mais ça ne changeait rien à la puissance de mon désir pour elle. Il s'animait dès que je m'approchais d'elle.

Je suivis Caleb alors qu'il zigzaguait entre les tables. Il se pencha pour déposer un baiser sur la joue d'Ella avant qu'elle ne l'attrape pour en avoir plus. J'aurais donné n'importe quoi pour embrasser Charlie comme ça, mais je sentais que ce n'était pas le moment.

Maisie me sourit avant de changer de chaise, et de me faire signe que la chaise à côté de Charlie était libre.

— Tiens, dit-elle joyeusement.

Les joues de Charlie rougirent alors qu'elle souriait et mon cœur se heurta à mes côtes. Qu'est-ce qu'elle m'avait manqué. Je m'installai à côté d'elle, soulagé d'entendre les discussions reprendre immédiatement autour de nous. D'autres gars de la caserne arrivèrent un par un et s'installèrent à table. Il y avait assez d'activité pour que personne ne s'intéresse trop à nous.

— Salut, dis-je doucement.

Elle me regarda avec des yeux gris brûlants qui ne faisaient que s'assombrir.

— Salut, répondit-elle. Comment ça va?

— Je suis content d'être rentré. Et toi?

Elle pencha la tête sur le côté en réfléchissant à sa réponse.

— Je crois que je vais bien.

— Je ne m'attendais pas à te voir en ville, en soirée.

Entre Emily et sa mère, je pensais qu'elle serait chez elle. J'avais prévu de lui écrire et de lui proposer d'amener de la pizza. C'était une surprise très agréable de la trouver ici.

Elle rit doucement.

— Je ne m'attendais pas à être en ville. Emily est chez Kayla ce soir, et ma mère dîne chez Norma. Je l'ai installée là-bas pour les journées, la semaine dernière, Janet m'a aidée. Ce soir est l'une des soirées où ils servent un dîner. Je dois quand même aller la chercher plus tard, mais j'ai quelques heures de libre, donc...

Elle laissa sa phrase en suspens dans un haussement d'épaules et un sourire en coin.

J'avais envie de l'embrasser.

À ce moment-là, Holly se pencha sur Charlie en attrapant mon regard.

— Bon, tu vas devoir faire chauffeur ce soir. Charlie a déjà bu deux verres de vin. J'avais prévu de la déposer chez elle, mais tu vis juste à côté. Ça ne te dérange pas, hein?

— Ça ne me dérange pas du tout, répondis-je en faisant un clin d'œil à Holly.

Elle lâcha un sourire, ce qui lui valut un regard noir de la part de Charlie.

Charlie me regarda ensuite, avec un haussement d'épaules timide.

— Merci, dit-elle doucement.

Un serveur arriva pour prendre notre commande, et la soirée se continua en conversations détendues autour d'un dîner. Je mourais de faim, donc la cuisine du Wildlands ne m'avait jamais paru aussi bonne. Mais ce que je savourais encore plus était la présence de Charlie à mes côtés. Quand je rentrais d'une mission en campagne autour d'un gros incendie, j'étais heureux d'être à la maison, mais souvent fatigué. C'était un travail très physique, et cette semaine n'avait pas fait exception. Mais la présence de Charlie effaçait une partie de ma fatigue.

Alors que la soirée se prolongeait, elle me donna un petit coup de coude.

— On devrait y aller, dit-elle en se penchant vers moi pour que je puisse entendre sa voix par-dessus le bruit des conversations.

En me tournant vers elle, nos yeux se croisèrent. Je mourais d'envie de l'embrasser. Je savais qu'elle n'apprécierait pas ce genre d'attention en public, du moins par pour l'instant.

— Quand tu veux, dis-je sans même essayer de

résister à l'envie de poser ma main sur sa cuisse pour la caresser.

J'entendis le petit sifflement de sa respiration et un sentiment de satisfaction s'empara de moi. J'adorais savoir qu'elle était peut-être aussi attirée par moi que je ne l'étais par elle.

Quelques minutes plus tard, on sortait par la porte arrière dans un brouillard nocturne. Le lac Swan s'étendait juste au bord du parking du Wildlands.

Le soleil se couchait au loin, par-dessus les arbres et les montagnes. Le ciel était strié d'orange et de rouge alors que l'obscurité prenait doucement le dessus sur la lumière. La surface du lac brillait de couleurs.

Charlie s'arrêta à côté de moi en penchant la tête en arrière pour observer le ciel. Quand elle me regarda, j'attrapai sa main. J'avais besoin de la toucher, son contact me manquait trop.

Quand elle me sourit, j'eus l'impression de voir le soleil pour la première fois après des semaines de pluie. J'avais réussi à ne pas trop me morfondre cette semaine. La seule chose qui avait rendu cela possible était le rythme effréné de notre travail. Nous avions quitté la zone quand l'incendie était sous contrôle, mais après de longues journées à créer des barrières pour ce feu et avec beaucoup d'aide de l'équipe aérienne.

Il y avait ce feu, puis il y avait le feu qui brûlait entre moi et Charlie. Les braises reprenaient vie maintenant que nous étions proches l'un de l'autre. Je commençai à me dire que personne ne pouvait éteindre ce feu-là. Tout ce que je pouvais faire était de le contenir.

Avec sa main dans la mienne, on marcha jusqu'à ma

voiture. Je lui ouvris la porte passager, et ne lâchai pas sa main alors qu'elle s'installait.

— Charlie...

Elle leva les yeux qu'elle avait pointés vers ses chaussures. Elle n'avait pas complètement rentré sa seconde jambe dans la voiture. Je m'installai entre ses genoux et passai ma main dans ses cheveux, jusqu'aux pointes.

— Donc, je t'ai manqué? demandai-je.

Elle ouvrit grand les yeux, puis ils s'assombrirent. Je voyais son pouls rapide battre dans son cou. Elle passa sa langue sur sa lèvre inférieure. Ce qui me tua presque.

— Oui, dit-elle enfin d'une voix rauque.

Je ne pouvais pas attendre plus longtemps avant de l'embrasser. Je fis glisser ma main dans ses cheveux pour caresser son cou avec mon pouce, explorant sa peau douce, puis je me penchai en avant pour poser ma bouche sur la sienne.

C'était comme entendre le bruit d'un fouet dans l'air, fort et sec. L'électricité de ce contact me brûla alors qu'une chaleur se répandait en moi.

La main de Charlie passa autour de ma taille alors qu'elle se cambrait contre moi pour m'attirer plus près. Sa langue s'emmêla dans la mienne et elle gémit doucement dans ma bouche. Pendant un instant, je me perdis dans son odeur, dans la sensation de sa bouche sucrée et chaude.

Le son d'une porte qui se refermait quelque part sur le parking me réveilla de ma transe. En me reculant à contrecœur, j'ouvris les yeux pour trouver son regard.

— C'est une bonne chose, murmurai-je. Parce que tu m'as manqué aussi.

Charlie ne dit rien. Elle me regarda simplement dans les yeux, je vis un éclat dans son regard que je ne savais pas interpréter. Je sentis que ça lui demandait un réel effort de ne pas se protéger. Pas de moi spécifiquement, mais plutôt de ce que nous pourrions représenter l'un pour l'autre.

Je fis le tour de la voiture puis m'installai avec une destination bien précise en tête. Je conduisais en silence. Charlie ne me demanda même pas où nous allions. J'étais parfaitement prêt à l'aider et à aller chercher sa mère. Mais je savais qu'il nous restait une heure avant de devoir aller la chercher, et j'avais l'intention d'utiliser ce temps de la meilleure des façons.

Quelques minutes plus tard, je pris un tournant, traversant une rangée d'arbres qui s'ouvrait sur un petit espace au bord d'un étang, baigné d'obscurité. Même si Charlie semblait présente jusque-là, je voyais maintenant la surprise sur son visage. Elle se tourna vers moi.

— On est où?

Je ne pus m'empêcher de sourire.

— Quelque part où on peut avoir un peu d'intimité avant d'aller chercher ta mère. J'ai failli nous amener chez moi, mais c'est mieux ici.

Je ne lui expliquai pas que j'avais peur qu'elle me demande d'aller chercher sa mère avant de rentrer si elle voyait vers où j'allais. Et je ne voulais pas non plus lui dire à voix haute que je mourais d'envie de la prendre. J'avais un peu de fierté.

Elle rit, un son qui ne fit qu'alimenter le besoin qui brûlait en moi.

Alors que l'on se regardait, je sentis l'air s'alourdir entre nous, comme juste avant une tempête : intense, chargé d'un pouvoir prêt à exploser.

Mon pick-up avait une banquette à l'avant, ce qui était particulièrement pratique à l'instant. Je m'approchai simplement, sortant de derrière le volant et l'attirai sur mes genoux. Charlie m'aida immédiatement. Elle soupira en posant ses hanches sur la bosse dure de ma queue. En levant une main, elle caressa mes sourcils, passant ses doigts le long de mes joues et jusqu'à mes lèvres. J'attrapai son doigt entre mes dents, et un petit son lui échappa du fond de la gorge. Bon sang, elle m'excitait un peu plus à chaque fois.

Puis on s'embrassa : des baisers doux, puis passionnés, de petits coups de dent. On se dévorait. Ses mains étaient partout sur moi, tout comme les miennes sur elle. Je n'étais pas certain de ce qu'il s'était passé, mais ma chemise avait été ouverte, les boutons arrachés, et elle tirait sur les boutons de ma braguette. Je grognai. Elle gigota pour descendre de mes genoux, puis se pencha en avant et m'avala dans sa bouche. Je posai ma main dans ses cheveux et elle s'affaira à me faire perdre la tête.

Je baissai les yeux et remarquai qu'elle portait encore son legging, donc je l'arrachai de ses hanches. Je me jetai entre ses cuisses et grognai en la trouvant mouillée et chaude. Ses hanches se balancèrent sur mes doigts alors que je les plongeais en elle. J'étais à bout et j'avais besoin d'être en elle. Désespérément.

Quand je murmurai son nom, elle se redressa. À la vue de ses lèvres gonflées, ses joues rouges et ses cheveux en bataille, je manquai d'exploser. Son chemisier et son soutien-gorge étaient ouverts. Ses tétons étaient roses, pointés en avant, me suppliant de leur en donner plus, donc je m'avançai pour en sucer un. Le prenant doucement entre mes dents, je savourai le son de son cri.

Je levai la tête à la fin de son gémissement et croisai son regard.

— J'ai besoin de te prendre. Tout de suite.

Elle n'hésita pas, se levant et retirant son legging

entièrement pour libérer ses pieds et retirer sa culotte. Elle me monta dessus sans jamais me quitter des yeux. Elle passa sa main entre nous et me guida vers son entrée serrée et mouillée.

Ma tête tomba en arrière contre le siège avec un grognement lourd alors qu'elle abaissait ses hanches, en se tortillant pour ajouter au tout.

— Bordel, Charlie. Tu es tellement bonne.

Elle soupira, et ce son me serra le cœur.

Chapitre Vingt-Cinq

CHARLIE

Je regardais Jesse dans les yeux, et voyais le même besoin en lui que je ressentais en moi. Mon cœur battait si fort contre mes côtes que j'avais du mal à respirer. Alors qu'il me remplissait et m'étirait, je le sentis partout en moi, de petits picotements de plaisir s'éparpillaient dans mon sang.

Je ne pouvais pas le quitter des yeux et je n'en avais pas envie. Les derniers rayons de soleil au loin perçaient les fenêtres de la voiture et nous donnaient une ambiance tamisée. J'avais l'impression que nous étions seuls au monde, contenus dans une bulle tremblante de désir et d'intimité.

La paume de Jesse passa le long de mon dos, me fit frissonner et attisa les flammes sous ma peau. Il colla sa langue à la mienne puis sa main redescendit pour s'accrocher à mes hanches. Je ne pouvais plus attendre, je me mis à monter et descendre, alors que la sensation de son membre qui me remplissait encore et encore me rendait folle. Si un être humain pouvait devenir une drogue, Jesse serait la mienne.

Quand on était comme ça, c'était tellement

facile. Et c'était tellement bon. Un plaisir intense montait en moi avec chaque va-et-vient de ses hanches dans les miennes. Même si on bougeait doucement, j'étais sauvage à l'intérieur, pleine de besoin et d'envie, je me sentais prise dans une tornade. J'étais avide de lui. Je sentis une vague s'élever en moi.

Et quand Jesse murmura mon nom, ses doigts plantés dans mes hanches alors que je montais et descendais toujours, la vague s'écrasa. Mon orgasme se serra fort avant de tout relâcher, vague après vague, au plus profond de moi.

Je m'entendis crier son nom au loin, puis sentis son explosion alors qu'il me tenait près de lui, ses hanches se balançant quand mon corps s'arrêta. Avec un cri rauque, il se détendit.

Ma tête tomba contre son épaule, ma respiration était saccadée. Je restai là alors qu'il me caressait lentement le dos. J'aurais aimé rester là pour toujours, sa peau humide contre la mienne, son membre enfoui en moi.

La réalité prit le dessus alors qu'il murmurait mon nom.

— Charlie?

— Hum...? murmurai-je contre son épaule.

— Je crois que ton téléphone vibre, dit-il d'une voix fatiguée.

Sa main se balança dans l'air.

Je levai la tête à contrecœur en le regardant. Bon sang, que cet homme était beau. Avec ses cheveux ambre sombre et ses beaux yeux verts éclairés par la lumière fuyante. Les ombres ne faisaient qu'accentuer ses traits. Je me laissai observer son visage puis descendre vers son torse. Il y avait quelque chose de tellement sexy chez un homme aussi musclé que lui, musclé non pas parce qu'il s'entraînait, mais parce que c'était son mode de vie.

J'avais complètement oublié ce qu'il avait dit.

Jusqu'à ce que sa bouche se courbe en un demi-sourire, me retournant de l'intérieur. J'étais tellement détendue et satisfaite que je ne voulais rien faire. Mais même quand j'étais satisfaite, Jesse me faisait de l'effet.

— Quoi?

— Ton téléphone, me rappela-t-il.

— Ah.

Je secouai doucement la tête. Je ne voulais pas bouger donc je cherchai mon sac des yeux, le trouvant au sol côté passager. Je me penchai pour attraper la lanière et le tirer vers moi. Je sortis mon téléphone, touchai l'écran et le regardai, soudainement inquiète.

— Oh, c'est juste Norma qui m'écrit. Elle dit que maman a dîné et qu'on peut venir la chercher quand on est prêts.

En regardant Jesse, je me dis qu'il fallait peut-être que je dise quelque chose, mais je ne savais pas quoi dire. Il resta silencieux, ses yeux explorant mon visage. Je sentis qu'il pensait à quelque chose, mais quoi que ce soit, il ne le partagea pas.

Pendant les quelques minutes qui suivirent, on se démêla pour se rhabiller. Puis Jesse démarra la voiture pour quitter ce lieu magique alors que je regrettais de ne pas pouvoir rester.

Le reste de la soirée ne fut pas aussi romantique. On alla récupérer ma mère, qui était ravie de voir Jesse, puis on rentra à la maison. Quand on arriva, mon cœur était un peu lourd. Ces moments volés avec Jesse n'étaient pas quelque chose que je pouvais avoir tous les jours. Il fallait que je me souvienne de ça.

J'aidai ma mère à entrer dans la maison puis volai un baiser à Jesse de l'autre côté de la porte. Plus tard cette nuit-là, j'étais seule dans mon lit à regarder les étoiles peintes au plafond. Je me demandai quoi faire à propos de Jesse. Ce que je voulais ce soir, c'était m'endormir dans ses bras. Mais ça ne me paraissait pas être une bonne chose. Il fallait que je décide si l'idée d'une relation amoureuse pouvait exister dans ma vie.

Bien déprimant. Après un moment incroyable dans la voiture de Jesse, mon esprit reprenait ses vieilles habitudes, et mes inquiétudes régnaient sur mon cerveau.

Chapitre Vingt-Six

CHARLIE

Un après-midi, mon téléphone sonna au travail, et j'étais trop occupée pour répondre. Le cabinet était plein à craquer depuis ce matin. Quelques minutes plus tard, Rachel frappa à la porte de la salle d'examen où je terminais un rendez-vous.

Après lui avoir dit d'entrer, je la vis passer la tête par la porte.

— Madame Stan est en ligne, dit-elle.

Confuse, je la regardai. Ma mère allait régulièrement chez Norma. Depuis que c'était le cas, je n'avais pas reçu un seul appel en journée. Le lieu semblait lui plaire. Ça m'avait soulagée d'une pression énorme.

Rachel haussa un sourcil comme si ça m'aiderait à comprendre ce qu'elle voulait dire. Je terminai avec mon patient, puis suivis Rachel dans le couloir et j'attendis d'être dans mon bureau pour parler.

— Qu'est-ce qu'il se passe?

— Ce n'est pas ta mère, mais je ne savais pas quoi te dire d'autre pour te faire sortir de là rapidement.

— Qu'est-ce que c'est? demandai-je, morte d'inquiétude.

— C'est la principale du lycée. Ils ne trouvent pas Emily.

J'eus l'impression de tomber, mon estomac s'écrasa au fond de moi et je sentis une peur me terrasser. Je manquai de faire tomber le téléphone plus d'une fois quand je rappelai le lycée. Rachel attendit avec moi.

— Oui, c'est Charlie Lane, j'appelle à propos d'Emily Lane, dis-je dès que la secrétaire prit mon appel.

— Oh, juste un instant, dit-elle.

Je retins un juron. Je ne pouvais pas laisser mon inquiétude prendre le dessus.

Une musique d'attente douce et joyeuse se lança. Puis la proviseure, madame Anderson, décrocha le téléphone.

— Bonjour, Docteure Lane, comment allez-vous? demanda-t-elle.

— Où est Emily? demandai-je en retour, ignorant toutes les politesses.

— Eh bien, j'espérais que vous sauriez m'aider là-dessus, répondit la proviseure. Les dernières fois qu'elle a manqué des cours l'après-midi, vous lui aviez écrit une lettre d'excuse. Mais aujourd'hui, il n'y avait pas de lettre et elle a quitté le lycée après le déjeuner.

Peur, anxiété et colère s'emparèrent de moi d'un coup. Parce que je savais parfaitement que je n'avais jamais écrit de lettre d'excuse pour qu'Emily puisse manquer les cours. Mais je ne voulais pas entrer dans ce sujet tout de suite. Le problème actuel était d'essayer de trouver où elle pouvait bien être.

— Hm, d'accord...

J'arrêtai de parler parce que je n'avais aucune idée de quoi dire. Vous vous souvenez quand je disais vouloir une notice pour adolescent? Il faudrait vraiment qu'elle comprenne un paragraphe sur quoi dire au proviseur quand vous découvrez que votre nièce sèche les cours et imite votre signature.

Alors que je me perdais sur quoi dire, la proviseure combla le silence.

— Emily est une gentille fille. Ses notes sont excellentes. Si ça n'avait pas été le cas, je vous aurais peut-être appelée pour vous dire qu'elle ne devrait pas rater aussi souvent les cours, mais sa moyenne est parfaite.

Une fois de plus, je restai silencieuse en regardant Rachel, paniquée. Rachel haussa les épaules et se rapprocha de moi, passant son bras sur mes épaules et me serrant doucement. Comme si ça allait m'aider. Je savais qu'elle faisait simplement de son mieux mais c'était assez drôle. Je manquai de rire à l'absurdité de cette situation.

Sans savoir quoi dire, je finis par lâcher :

— Est-ce que ça vous dérange si je viens à l'école pour vous parler de vive voix? Peut-être qu'on peut trouver une solution ensemble.

— Bien sûr. Je serais ravie de vous parler, dit la proviseure poliment.

Avait-elle vraiment le choix?

— La cloche va bientôt sonner pour annoncer la fin des cours, donc si vous voulez bien attendre un quart d'heure, vous vous éviterez l'heure de pointe.

— D'accord, faisons comme ça, répondis-je.

Dès que je raccrochai le téléphone, je regardai Rachel.

— Em sèche les cours l'après-midi et donne des mots d'excuses qu'elle signe en mon nom. Apparemment, elle a oublié de faire une fausse lettre aujourd'-hui, dis-je avec un soupir.

Je frottai mon visage avec mes mains.

— Qu'est-ce que je fais?

— Ce n'est sans doute pas une urgence, dit Rachel calmement.

— Comment ça?

— Tu as déjà séché les cours?

Je la regardai puis secouai la tête doucement.

— Non, jamais en vrai.

Rachel haussa les sourcils et secoua la tête.

— Eh bah moi je séchais les cours. Tout le temps.

En la regardant, je réussis à prendre une grande inspiration. Je n'étais pas prête à me dire que c'était drôle, même si c'était tentant.

— Ta meilleure chance est de l'appeler, tout simplement. Tout de suite, suggéra Rachel.

Je sortis mon téléphone de ma poche et composai son numéro. Em répondit à la troisième sonnerie.

— Hey, qu'est-ce qu'il se passe? Ça va sonner bientôt, dit-elle directement.

J'étais tellement énervée que je n'essayai même pas d'être subtile.

— Ouais, je sais. Mais puisque tu n'es pas au lycée, ça ne change rien.

Je laissai ce commentaire flotter dans l'air. Em resta silencieuse.

— Em, où es-tu?

Elle marmonna quelque chose.

— Em, la prévins-je. La proviseure vient de m'appeler. Je sais que tu donnes des fausses lettres d'excuse, soi-disant écrites par moi, pour avoir le droit de rater les cours de l'après-midi. Tu as oublié ta lettre aujourd'hui. Donc, dis-moi maintenant où tu es.

Le soupir qui suivit fut épique. Je pouvais presque voir l'expression de son visage.

— OK, je suis avec mon ami.

— Kayla? demandai-je, pleine d'espoir.

Parce qu'au moins je savais qui était Kayla.

Un autre long soupir, plutôt dramatique.

— Non, marmonna-t-elle. Je suis avec Aaron.

Aaron? C'est qui Aaron?

J'étais furieuse et je voulais lui poser une liste interminable de questions sur ce mystérieux Aaron, mais ce n'était pas le moment.

— OK, et vous êtes où? demandai-je.

— On est toujours au lycée. On est juste sous les gradins du stade. Avant que tu t'inquiètes, on faisait rien, c'est juste un copain, expliqua-t-elle.

J'enregistrai cette information pour m'en occuper plus tard.

— D'accord. Je serai au lycée dans vingt minutes. Je m'attends à te trouver dans le bureau de la proviseure.

Je raccrochai au son d'un nouveau soupir épique. Je n'attendis même pas avant de passer mon appel suivant. Je rappelai la proviseure et lui dis exactement où Emily et Aaron se trouvaient.

Quelques minutes plus tard, je reçus un nouvel appel de la proviseure, toujours aussi amicale. Elle m'informa qu'ils avaient trouvé Emily et son ami en train de fumer sous les gradins.

Rachel trouvait ça à mourir de rire. Mais j'étais furieuse. Sans parler des mots d'excuses à mon nom et le fait qu'elle ait séché les cours autant de fois. Pour la millième fois, je regrettai de devoir faire tout ça toute seule. J'aurais voulu pouvoir appeler ma sœur et lui demander quoi faire. Mais ma sœur, Karen, n'était pas là pour sa fille, la fille qu'elle adorait et qui n'était plus une petite fille. Non, elle avait quinze ans et elle séchait les cours et fumait avec un garçon.

Je me dis que Karen se retournerait sans doute dans sa tombe pour la dernière information. Même si je savais que les mensonges ne lui auraient pas plu non plus. Non, elle aurait été aussi furieuse que moi.

En regardant Rachel, je posai mon téléphone sur mon bureau et me détachai les cheveux. Dès que je fis ça, je pensai à Jesse. Je me demandai si je pourrais un jour me détacher les cheveux sans penser à lui. En repoussant ces pensées, je me concentrai sur le moment présent.

— Est-ce que tu peux dire à Doc que je dois partir? Et demander à Sandy de reporter mes rendez-vous de cet après-midi? Je dois aller parler à la proviseure et à Emily. Même si on finit assez tôt pour que je revienne, je pense que ce n'est pas une bonne idée. Je devrais passer du temps avec elle.

Rachel acquiesça rapidement.

— Ça marche.

Elle pencha la tête sur le côté puis me fit un petit câlin. En reculant, elle serra mes épaules.

— Hé, c'est des trucs d'ado. C'est pas la fin du monde.

— Je sais, dis-je enfin, en essayant de me débattre contre la foule d'émotions qui se mélangeaient en moi.

L'inquiétude, la colère, la déception, toutes colorées par le fait que je n'avais pas été ce dont Emily avait besoin.

— Merci pour le soutien moral. Faut que j'y aille.

———

Plus tard ce soir-là, après un après-midi mouvementé, j'étais assise à la table de la cuisine, en face d'Emily. Elle était encore énervée contre moi. Elle était furieuse parce que j'avais appelé la proviseure et lui avais dit où elle était, et son ami aussi. Parce que maintenant, elle allait avoir des problèmes non seulement pour avoir séché les cours, mais pour avoir fumé dans l'enceinte de l'école. À l'écouter, on croirait que j'avais gâché son avenir.

Ma mère était allée se coucher, et Emily finissait ses devoirs, tout en refusant de me parler, comme la tête de mule qu'elle était. Je m'en fichais. J'avais parfaitement le droit d'être en colère qu'elle ait fumé et séché les cours et imité ma signature. Après avoir toléré son silence tout l'après-midi et le début de soirée, je décidai que j'allais devoir lui parler même si elle ne répondait pas.

— Bon, écoute, rien de tout ça n'est tolérable. Sécher les cours, c'est pas possible, fumer, c'est pas possible et mentir et imiter ma signature en plus de tout, c'est vraiment pas possible. Et mentir pour essayer de s'en tirer c'est pire que tout le reste, dis-je platement, d'une voix vibrante de colère.

Em soupira de façon dramatique.

— Pose ta tablette s'il te plaît, et regarde-moi, dis-je.

Sans me regarder, elle posa sa tablette.

— Pourquoi est-ce que tout est toujours ultra grave avec toi? marmonna-t-elle.

— Parce que je tiens à toi! Parce que c'est important. Tu ne peux pas faire des trucs comme ça et penser que ce n'est pas grave!

— C'est pas important! dit-elle sans avoir peur. J'ai raté quelques cours et j'ai fumé quelques cigarettes. T'es pas comme ma mère! Elle se serait pas mise dans un état pareil.

Sur ces mots, elle se leva et me regarda enfin, les yeux sombres et les joues rouges.

J'étais soufflée par ses mots et ne pouvais pas parler. J'avais l'impression qu'elle m'avait poignardée en plein cœur. Elle se retourna et monta les escaliers à toute vitesse, claquant la porte de sa chambre.

Je restai gelée sur place, pleine de colère face aux mots qu'elle m'avait lancés. Je restai assise en silence, ne sortant de mon état perdu qu'en sentant une larme couler sur ma joue. Je me levai et attrapai un mouchoir sur le comptoir pour me moucher. Je ne savais pas trop ce que ma sœur aurait fait à ma place. Rationnellement, je savais que c'était une chose facile pour Emily, de se dire ça, de penser que sa mère aurait fait différemment. Elle avait sans doute raison, parce que Karen et moi étions vraiment différentes. Mais ma sœur n'était pas là. Et moi si, et il fallait que je trouve une façon d'avancer.

Alors que ma poitrine se serrait d'anxiété, je me forçai à monter les marches. Je ne pouvais pas laisser tout ça passer. Je frappai doucement à sa porte et attendis. J'entendis à peine sa voix me dire d'entrer.

Quand j'ouvris la porte et la vis, mon cœur se brisa. Elle était assise sur son lit, à serrer ses genoux contre sa poitrine aussi fort que possible. Elle avait l'air triste. Elle avait tous les droits de l'être. Elle avait perdu sa mère jeune quelques mois après la mort de son grand-père. Ces deux choses avaient été extrêmement difficiles pour moi, mais j'étais adulte. Elle n'avait que treize ans à l'époque. Elle avait également dû accepter le fait que son père n'avait jamais voulu se comporter comme tel.

Puis, dans un élan de génie, j'avais décidé de la faire déménager à l'autre bout du pays. À l'époque, je pensais à ma mère, et à Emily qui s'était retrouvée dans les mauvais groupes sociaux à Boston. Fumer sous les gradins n'était rien en comparaison de ce que certains de ses amis de Boston faisaient. Mais rien de tout ça ne changeait quoi que ce soit au fait que ça devait être très difficile pour Emily. Parfois, j'avais envie de pouvoir remonter le temps moi-même pour avoir fait d'autres choix après la mort de ma sœur.

Même si la mort de mon père avait été difficile, j'y avais été plus préparée d'une certaine façon. Mais avec Karen, j'avais eu l'impression de me faire renverser par un camion quand on avait découvert qu'elle avait un cancer du pancréas. Je connaissais déjà les statistiques de ce genre de cancers, et elles me terrifiaient. Aucun d'entre nous n'avait été prêt, mais surtout pas Emily.

Puis je l'avais déracinée, je l'avais arrachée de la seule maison qu'elle connaissait. Je ne pouvais pas revenir en arrière maintenant, mais je voulais trouver une façon d'aider. Parfois, j'avais peur de trop lui en demander vis-à-vis de ma mère. Mais elles étaient proches, et leur lien était positif pour elle. J'espérais que maintenant que j'avais trouvé une aide la journée pour ma mère, Emily se sentirait soulagée d'un poids.

Alors que toutes ces pensées se brouillaient dans ma tête, je regardai Emily dans les yeux.

— Je sais que c'est nul, mais ce qu'il s'est passé aujourd'hui ne peut pas se reproduire, dis-je en m'ancrant dans le sol.

Elle me regarda en silence et hocha lentement la tête.

— OK.

Je m'étais tellement préparée à des arguments contraires que c'était comme si j'avais pris un élan pour rien et foncé dans un mur de mousse.

— OK, dis-je. On verra ce que la proviseure décide de faire puis on acceptera les conséquences. Je veux juste ajouter que je comprends pourquoi tu viens de dire ce que tu as dit sur ta mère. Je ne peux pas...

Mes mots disparurent quand elle soupira encore une fois. S'il y avait un championnat du monde de soupirs, je suis quasiment certaine qu'elle aurait la médaille d'or.

Elle secoua vivement la tête.

— Je n'aurais pas dû dire ça. Je ne sais pas ce que maman aurait fait, mais elle aurait sûrement été en colère.

Je pris une respiration calme.

— Je sais que je n'ai pas eu assez de temps pour m'occuper de toi…

Un autre soupir. Je m'arrêtai et la regardai.

— Oh bon sang, dit-elle enfin. On parle encore de ça? Je me fiche de Jesse. J'arrive pas à croire que tu crois que ça me pose problème.

Je m'avançai et m'assis sur le bord de son lit.

— D'accord, alors qu'est-ce qu'il se passe?

Em jeta ses bras en l'air, puis les laissa retomber sur le lit en un bruit sourd.

— Je fais de la merde, c'est tout! Je ne dis pas que ça excuse quoi que ce soit, mais beaucoup de gens sèchent les cours et fument, dit-elle en levant les yeux au ciel.

Je n'allais pas lui dire que Rachel et elle avaient les mêmes arguments. Ça n'excusait rien pour moi. En soutenant son regard, je haussai les épaules.

— Et beaucoup de gens doivent en accepter les conséquences. Je pourrais te punir, mais c'est pas comme si tu sortais beaucoup. Madame Anderson a parlé de travail d'intérêt général. On va voir ce qu'elle a en tête et si je pense qu'il faut ajouter quelque chose à la maison, on en parlera. D'accord?

Em repassa ses bras autour de ses jambes et acquiesça, son menton cognant contre ses genoux. Puisque nous étions arrivées à un accord, je décidai que ça suffisait pour ce soir. Je me levai pour passer la porte.

— J'attends que tu descendes pour le dîner, d'accord?

Quand elle hocha la tête, je me retournai et partis, fermant la porte derrière moi.

Je ne savais simplement pas comment jongler avec tout ça. J'avais l'impression de tout faire à moitié, et le résultat était que je faisais tout à moitié mal.

L'autre nuit, quand j'avais dîné avec Rachel et Holly et rencontré de nouvelles amies potentielles, ça n'avait fait que mettre en valeur le peu de place que j'avais dans ma vie.

Pour quoi que ce soit.

Chapitre Vingt-Sept

JESSE

Un nuage de poussière s'éleva alors que l'hélicoptère se posait devant la caserne de Willow Brook. Cette saison des feux allait être intense en Alaska. Même si les étés étaient toujours intenses pour les équipes comme la nôtre. Mais l'Alaska était immense, et nous prêtions main-forte aux États de l'ouest au besoin. Et la saison des feux était de pire en pire à l'ouest des États-Unis. Le changement climatique nous amenait des étés plus secs et plus chauds. Ajouté à cela les pans de forêt ravagés par le scolyte de l'épinette, les paysages d'Alaska étaient un combustible parfait.

Cette fois-ci, nous avions fait une sortie préventive pour démarrer des incendies contrôlés dans des zones que nous considérions à haut risque. Que les feux soient prévus ou non, c'était beaucoup de travail. J'étais fatigué, j'avais besoin d'une bonne douche et Charlie me manquait.

Alors que je descendais de l'hélicoptère après Caleb et avant Ward, je le vis courir sur le parking où Ella l'attendait. Le vent soufflait dans ses cheveux alors que Caleb se penchait et la soulevait dans ses bras.

Ward se mit à trottiner quand Susannah, sa femme, sortit de la caserne pour le rejoindre. Elle tenait leur petit garçon, Wayne, dans ses bras. Quand il les atteignit, il l'embrassa et prit Wayne dans ses bras, le levant haut dans les airs en souriant. Ward n'était pas l'homme le plus joyeux que je connaisse. Mais quand il était avec Susannah, il s'ouvrait.

Je n'étais pas très friand de ce type de situation, où je n'avais rien à faire à part regarder les gens. En me secouant, j'entrai dans la caserne pour me diriger directement vers les douches.

À mon grand désespoir, je n'arrivais pas à avoir Charlie au téléphone cet après-midi. Après une douche et un passage au Wildlands pour un dîner anticipé avec quelques gars de l'équipe, je rentrai chez moi. Ma mère, Frannie, venait s'occuper de Waffle à la maison pendant mon absence. Quand j'arrivai à la maison, elle rentrait tout juste de sa promenade avec le chien.

Elle sourit en me voyant.

— Jesse! Tu es rentré.

— Salut maman, répondis-je en la prenant dans mes bras alors que Waffle nous encerclait.

Je me penchai vers Waffle pour la prendre dans mes bras aussi et lui grattai le cou.

— Tu m'as manqué toi, ça va?

Waffle répondit en me léchant le menton et en se tortillant. Je me redressai et marchai avec ma mère jusqu'à la maison.

— Je suppose que tout s'est bien passé pendant ma sortie, commentai-je en jetant mes clés sur le comptoir.

Ma mère se pencha sur le plan de travail.

— Bien sûr. Waffle est adorable.

J'avais les mêmes cheveux sombres que ma mère,

et ses yeux verts aussi. Ses cheveux étaient striés de gris et beaucoup plus longs que les miens. Elle s'était fait une queue de cheval aujourd'hui. Mon père et elle avaient travaillé ensemble pendant des années. Elle l'aidait à gérer sa compagnie de bateaux de pêche et était la comptable de plusieurs autres petites entreprises à Willow Brook.

Je m'étais longtemps demandé comment ils faisaient pour supporter de tout faire ensemble, mais ensuite j'avais rencontré Charlie. C'était tellement facile d'être avec Charlie. Ça n'aurait sans doute pas dû être le cas, puisqu'il y avait bien plus que simplement Charlie à prendre en compte. Mais rien de tout ça ne changeait à quel point il était facile d'être avec elle.

Ma mère pencha la tête sur le côté en me regardant, les yeux pleins de questions.

— J'ai entendu dire par Janet que tu voyais quelqu'un.

Je venais d'ouvrir le réfrigérateur pour prendre une bière et étais heureux que ma mère ne puisse voir mon visage. Ça ne m'embêtait pas qu'elle et Janet papotent, mais j'aimais que mes affaires restent privées. En me retournant, j'ouvris ma bouteille et pris une gorgée avant de la regarder.

— Eh bien, je ne sais pas tellement ce que je peux te dire d'autre puisque Janet t'a tout dit.

Ma mère jeta sa tête en arrière avec un rire. Elle se redressa et me sourit.

— Janet tient à toi. Elle semble aussi bien aimer Charlie. Parle-moi d'elle.

En posant mes coudes sur le comptoir, je jouai avec la capsule de ma bière en regardant ma mère.

— Charlie est ma voisine. Elle vit juste à côté avec sa nièce et sa mère.

Je m'arrêtai pour indiquer la direction à ma mère.

— C'est aussi la nouvelle médecin dans le cabinet de Doc. J'aimerais te dire qu'on est ensemble, mais je ne sais pas si je peux officiellement dire ça.

Ma mère arbora un large sourire.

— Oh Jesse, ce serait super. J'attends depuis longtemps que tu rencontres la bonne personne.

Oh bon sang. C'était la première fois que j'entendais ce discours. Mes pensées devaient se lire sur mon visage parce que ma mère plissa les yeux.

— Oh, remets-toi-en. Tu as trente-quatre ans. J'adorerais que tu fondes une famille. Quelques petits-enfants, ça ne me dérangerait pas. Je n'ai entendu que du bien de Charlie en ville, donc ça veut forcément dire quelque chose.

Je soupirai en levant les yeux au ciel.

— Maman, n'en fais pas tout un plat. Je ne sais pas pourquoi tu te fies aux rumeurs du village pour juger les gens.

Elle haussa les épaules, balayant ma remarque.

— Je n'écoute pas n'importe quelles rumeurs. Je fais confiance à Janet. L'un des avantages de vivre dans une petite ville, c'est que si tu entends trop de mauvaises choses sur quelqu'un, tu sais que tu peux au moins rester prudent. Mais quand je n'entends rien de mauvais, c'est bon signe. Janet a l'air de la trouver géniale.

— Eh bah je suis soulagé de savoir que j'ai la bénédiction de Janet. En attendant, je t'en dirai plus quand je serai certain de ce qu'il se passe entre nous.

En la regardant, j'avais l'impression de déjà voir tous ses plans s'élaborer dans son esprit.

— On dirait qu'elle a beaucoup de choses auxquelles penser. Janet m'a dit qu'elle a adopté sa nièce et qu'elle s'occupe de sa mère.

Je savais que ma mère ne faisait que parler des faits,

mais je me sentis immédiatement partir sur la défensive.

— Et alors? Je ne vois pas pourquoi ça devrait changer quoi que ce soit, dis-je platement.

Ma mère s'éloigna du comptoir pour en faire le tour et venir me prendre dans ses bras. Elle me tapota même la joue avant de s'éloigner.

— Ça veut dire que tu tiens vraiment à elle. Tu es mon seul garçon, et je crois que j'ai été très patiente.

Je ris doucement, réalisant qu'elle avait raison là-dessus. J'ignorai son premier commentaire parce que je n'étais pas prêt à me lancer dans les détails de mes sentiments pour Charlie avec elle. J'essayais encore de comprendre ce que je ressentais moi-même.

Quand ma mère partit, je décidai d'emmener Waffle faire un tour, vers chez Charlie. Quand j'arrivai chez elle, il n'y avait personne. Je me demandais où elle pouvait bien être. Ce n'était pas comme si je m'atten-dais à ce qu'elle me rende des comptes sur où elle allait, mais son emploi du temps était plutôt carré, entre Emily et sa mère.

Le fait qu'elle ne m'ait pas encore répondu, combiné avec ma propre incertitude de s'il fallait que j'insiste pour parler de notre relation, me mettait dans un état de mal-être. Ce que je commençais enfin à comprendre, c'était que je ne voulais pas que notre relation reste vague et sans nom.

Plus tard, une fois rentré chez moi, je zappais d'une chaîne à l'autre alors que Waffle dormait à côté de moi sur le canapé. Je décidai d'écrire à Charlie une fois de plus. Même si c'était pour découvrir qu'elle m'ignorait volontairement, je préférais savoir. Elle répondit enfin en disant simplement qu'elle était à Anchorage avec sa mère et qu'elles y seraient pendant quelques jours.

Est-ce qu'elle va bien?

Sa réponse fut brève et bien trop vague pour me rassurer.

Ça devrait aller. Doc a suggéré quelques examens supplémentaires après une fièvre et une toux persistantes. C'est un peu la folie en ce moment. Je te parlerai quand je rentrerai.

Je n'étais peut-être pas le médecin de nous tous, mais si tout allait bien, pourquoi étaient-elles à Anchorage? Willow Brook avait son propre petit hôpital. D'habitude, les gens n'allaient à Anchorage que pour des examens plus complexes, ou des opérations.

Je savais que je n'avais pas le droit de la trouver frustrante, mais j'étais quand même frustré. J'étais frustré de la voir me repousser comme ça, et énervé contre moi-même qu'on en soit là.

En reprenant mon téléphone posé sur la table basse, j'écrivis à Holly. C'était mon amie après tout.

Tu sais ce qu'il se passe avec la mère de Charlie?

Holly répondit rapidement.

Ouais. Elle a une infection, possiblement une pneumonie. Charlie l'a emmenée à Anchorage pour des examens et pour qu'ils la surveillent, parce que l'hôpital est trop petit ici, on était plein. Elles viennent d'arriver à l'hôpital il y a quelques heures.

L'hôpital? C'est quoi cette histoire? Je me trouvai soudainement inquiet pour Olive, bien plus que je ne l'étais après les réponses vagues de Charlie.

Ça te dérange si je t'appelle?

Bien que non. Tout de suite?

Ouais, dans une minute.

Holly répondit immédiatement.

— Dis-moi?

Dès qu'elle répondit, je réalisai que je ne savais pas ce que je voulais lui demander.

Je restai silencieux un instant, et elle prit la parole.

— Oh, tu ne sais pas pourquoi tu m'appelles.

Laisse-moi deviner, tu t'inquiètes pour Charlie et tu veux faire quelque chose parce que t'es un homme et que les hommes aiment le concret. C'est ça?

Je ris. Parce qu'elle avait parfaitement raison.

— J'imagine. Je me disais que j'allais peut-être aller à Anchorage. Tu sais dans quel hôpital elles sont?

Holly soupira.

— Ah, Charlie ne t'a pas dit?

— Non, elle a juste dit qu'elles étaient à Anchorage pour des examens. Écoute, je vais être honnête. Je tiens à elle. Vraiment beaucoup. Et maintenant je suis aussi inquiet à propos d'Olive et d'Emily en plus de Charlie.

Holly resta silencieuse puis rit doucement.

— Je lui ai dit que tu l'aimais bien, et elle ne m'a pas crue. Mais je n'avais aucune idée que tu étais aussi sérieux.

Je ne savais pas quoi faire de ce commentaire, mais je n'avais pas de patience.

— Donc tu avais raison. Dis-moi où elles sont pour que je puisse aller les rejoindre.

— D'accord. Elles sont à l'hôpital Providence. Tiens-moi au courant de l'état d'Olive quand tu y seras, OK?

— Ça marche, dis-je avant de raccrocher rapidement.

Je me demandai s'il fallait que je laisse Waffle ici ou que je l'emmène avec moi, et choisis rapidement la seconde option. J'avais un copain à Anchorage qui me laisserait la déposer chez lui. C'était l'un des gars qui avaient récupéré un de ses chiots. Je jetai une tenue de rechange dans un sac à dos, nourris Waffle rapidement, emmenai un peu de nourriture pour elle et me mis en route.

J'appelai mon pote une fois que j'étais sur l'autoroute. Une heure plus tard, j'étais devant chez lui. Ben vivait sur la colline d'Anchorage, au sud de la ville. Il fallait que je dépasse l'hôpital pour aller déposer Waffle, mais je ne voulais pas la laisser dans la voiture.

Je m'arrêtai dans l'allée de Ben, sortis de la voiture et laissai Waffle me dépasser.

— Salut mec, dis-je alors que j'arrivais à son niveau sur le porche. Merci de bien vouloir t'occuper d'elle quelques heures. J'aurais peut-être besoin de dormir sur ton canapé ce soir si c'est possible.

Ben me fit un clin d'œil en se baissant pour passer une main sur le dos de Waffle.

— Sans soucis, mec. Tout va bien? demanda-t-il en se redressant.

Ben était un vieil ami de Fairbanks. On était au lycée ensemble, puis il avait travaillé dans la construction pour l'industrie du pétrole un moment. Il avait changé de boulot et avait déménagé à Anchorage pour monter une compagnie de guide touristique. C'était un ami sur lequel je pouvais compter.

Je haussai les épaules.

— Je crois. J'ai une amie dont la mère est à l'hôpital ici, donc je suis venu.

Ben pencha la tête sur le côté en passant sa main dans ses cheveux noirs et courts.

— Pas n'importe quelle amie on dirait.

Je gloussai.

— C'est ma copine.

Dès que j'utilisai ce mot, je me demandai comment Charlie réagirait. En repoussant cette pensée, je me concentrai sur Ben.

— OK, mec. Appelle-moi quand tu reviens. Et ne t'inquiète pas s'il est tard. Tu me connais. Tu fais comme chez toi. D'ailleurs, tu ferais mieux d'entrer pour dire bonjour à Pancake d'abord.

— Pancake? demandai-je avec un rire. T'es pas sérieux!

En le suivant, je baissai les yeux quand Pancake accourut. Elle était le portrait craché de Waffle, c'en était presque drôle. Elle avait le même physique musclé avec de la fourrure noire et caramel. Elle était un peu plus petite et débordante d'énergie. Elle nous courut autour.

Je croisai le regard de Ben.

— C'est toi qui as appelé ton chien Waffle. Je trouvais que c'était logique parce qu'elle adore les pancakes.

— Pas faux, répondis-je.

— Bref, maintenant qu'elle t'a rerencontré, c'est bon. Si tu arrives au milieu de la nuit, elle ne pensera pas que tu viens essayer de me tuer.

Après un bonjour de Pancake, fait de léchouilles, je partis, en me dirigeant vers le centre d'Anchorage.

Quand j'arrivai à l'hôpital, je me dirigeai vers l'accueil en me demandant s'ils accepteraient de me dire quoi que ce soit. L'hôpital de Willow Brook était bien plus petit. Il y avait beaucoup d'infirmiers qui me connaissaient là-bas, mais ici j'étais un étranger. En arrivant à l'accueil, je m'arrêtai devant.

— Bonjour, dis-je. Je viens voir Olive Lane.

La réceptionniste me sourit. Ses yeux bleus avaient l'air gentils derrière ses lunettes. Quand elle appuya son doigt sur le centre de ses lunettes pour les remonter le long de son nez, elle me rappela Charlie.

Elle cliqua plusieurs fois en regardant son écran puis releva les yeux vers moi.

— Elle est au troisième étage. Vous devrez aller dans la salle d'attente de l'étage. Prenez l'ascenseur, première à droite puis la salle d'attente est vers le milieu du couloir.

L'ascenseur me parut trop lent. Je voulais savoir ce qu'il se passait. Quand je sortis de l'ascenseur, je trottinai dans le couloir, ralentissant juste quand je vis le panneau qui indiquait la salle d'attente. Quand j'entrai dans la pièce, je vis Emily assise dans un coin, sur une chaise. Ses yeux étaient rougis de larmes, et elle serrait ses genoux contre elle sur la chaise. Charlie était assise à côté d'elle avec sa main sur son épaule. Ses yeux aussi étaient rouges.

Mon cœur s'effondra et une terreur me serra la poitrine. Je traversai la pièce en regardant autour de moi, conscient du fait qu'il y avait d'autres gens dans cette salle d'attente. Je m'arrêtai devant Emily et Charlie. Elles n'avaient même pas remarqué mon arrivée.

— Hey, tout va bien? demandai-je.

Elles levèrent toutes les deux la tête, les yeux grand ouverts. Emily passa sa manche sur son nez.

— Salut Jesse.

— Est-ce qu'Olive va bien? demandai-je en regardant Charlie.

Charlie haussa les épaules, le regard contrôlé.

— On attend des nouvelles.

— Elle a une grosse fièvre, dit Emily soudainement.

Je regardai Charlie pour avoir une confirmation. Charlie se leva de sa chaise avec un regard vers Emily.

— Je peux te laisser quelques minutes?

Emily acquiesça et posa son menton sur ses genoux. Je suivis Charlie dans le couloir, me demandant encore ce qu'il se passait.

Elle se tourna pour me faire face, le visage sévère.

— Ce n'est vraiment pas le moment.

En la fixant du regard, je réfléchis à quoi dire.

— Je suis juste venu pour voir comment tu allais.

S'il y a quoi que ce soit que je puisse faire pour aider, dis-moi.

Charlie leva les yeux vers moi, son regard était empli de douleur alors qu'elle se torturait les mains. Je ne savais pas comment je le savais, mais j'étais certain sans l'ombre d'un doute qu'elle allait me demander de partir. Je réagissais déjà dans ma tête avant qu'elle ne parle.

— Ma mère a une grosse fièvre, et c'est peut-être une pneumonie. Emily a beaucoup de mal. C'est gentil d'être là, mais il faut que je m'occupe de tout ça.

— Tu me demandes de partir?

Je sais qu'elle entendait ma frustration dans mes mots. Mais je m'en fichais complètement. J'étais plus que frustré qu'elle ignore le fait que je lui dise que ce qu'elle appelait des complications dans sa vie n'étaient pas ça pour moi.

Mais elles l'étaient clairement pour elle.

À ma question très directe, elle écarquilla les yeux. Elle tortura ses mains un instant de plus puis prit une grande inspiration en écartant les épaules.

— Je crois, oui. Je ne sais pas comment intégrer ta présence tout de suite. C'est trop.

— Quelqu'un qui compte dans ta vie, c'est trop?

Dès que ma question m'échappa, je sus que ce n'était pas la bonne tactique. Non pas que je considérais ce que je disais comme un acte stratégique. Pas en ce moment. Pour le moment, ce n'était qu'une réaction pure. Le fait qu'elle me repousse me faisait mal et nourrissait ma frustration globale. Ma réaction n'avait rien de constructif, mais je ne contrôlais rien.

Le regard de Charlie s'enflamma de colère.

— Jesse, c'était chouette. Je ne sais pas si j'ai le temps pour l'instant de faire... ce qu'on fait, quoi que ce soit.

Elle désigna la salle d'attente derrière nous.

— J'ai besoin d'être présente pour Em et ma mère.

Sans la quitter du regard, j'essayais de retenir mes pensées. Mais j'avais mal, et maintenant j'étais même énervé par la facilité avec laquelle elle me rejetait, avec laquelle elle nous rejetait.

— Bon à savoir que je suis juste un bon coup pour toi.

Sur ces mots, je me retournai et rebroussai chemin dans le couloir. J'entendis les pas de Charlie derrière moi et elle attrapa le bord de ma manche.

— Jesse, ce n'est pas...

Elle perdit le fil de ses mots quand je me retournai.

— Je comprends. C'est pas comme si on s'était fait des promesses. J'imagine que je pensais que tu te rendrais compte du fait que j'essayais d'être un soutien pour toi plutôt que de me voir comme une complication de plus dans ta vie.

Elle inspira brutalement, deux points rouges apparurent sur ses joues. Elle resta silencieuse, en me regardant.

À ce moment-là, une infirmière s'approcha de nous.

— Ah, vous voilà! appela-t-elle.

Charlie soutint mon regard une seconde de plus avant de se retourner.

— Je dois y aller.

Et c'était tout. Je la regardai battre en retraite, fourrant mes mains dans mes poches.

Je ne passai même pas la nuit chez Ben. Quand j'étais arrivé chez lui, il était au téléphone. Quand il m'avait fait signe de rentrer, j'avais secoué la tête, et dit merci, puis j'étais reparti avec Waffle.

J'étais de trop mauvaise humeur pour passer du temps avec des gens. J'avais conduit alors que la nuit tombait, en regardant les paysages défiler. Un groupe d'oies passa au-dessus de moi, leur cri perçant la nuit. Alors que je prenais un tournant, je vis leur silhouette se dessiner sur le soleil couchant : l'ombre des oiseaux sur un fond orange et rouge, strié d'or.

Chapitre Vingt-Huit

CHARLIE

Le tissu des chaises de la salle d'attente était chaud contre ma joue. Je me réveillai doucement, consciente que mon cou était à un angle désagréable contre le mur. L'hôpital d'Anchorage gagnait des points dans mon esprit pour sa tentative de salle d'attente confortable. Au moins, les chaises étaient rembourrées. Mais dormir assise et stressée n'était jamais très agréable.

J'avais un mal de tête assourdissant. Je jetai un œil autour de moi et trouvai Emily deux sièges plus loin, endormie avec ses genoux sous le menton. Ses cheveux courts montaient en petites pointes. En la regardant, mon cœur se serra. Elle avait l'air si jeune quand elle dormait et que les lignes de son visage s'adoucissaient. Sa main agrippait le bord de son manteau dont les pompons violets rappelaient ses cheveux.

Je me redressai et secouai la tête. En rassemblant mes affaires dans mon sac à dos, je me dirigeai vers les toilettes. Après un petit coup d'eau froide sur le visage, je me lavai les mains et me brossai les dents. Je me coiffai un peu et rassemblai mes cheveux en une queue de cheval. Après avoir avalé deux ibuprofènes, j'étais prête à affronter ma journée. Première étape : du café. Enfin, après avoir pris des nouvelles de ma mère.

L'infirmière du soir m'avait promis qu'elles viendraient me voir dès qu'il y aurait des nouvelles. Mais je voulais quand même passer à leur bureau pour voir. L'équipe était entièrement nouvelle ce matin.

Une femme avec des boucles blondes, un visage rond et des yeux marron pétillants me sourit alors que je m'approchais du bureau.

— Bonjour, dit-elle joyeusement. Comment puis-je vous aider?

Je supposai qu'elle avait déjà eu son café, ou au moins une bonne nuit de sommeil. Je réussis à sortir un sourire mince et posai mes coudes sur le bureau.

— Je me demandais juste s'il y avait des nouvelles pour Olive Lane. C'est ma mère.

Je baissai les yeux vers son badge. « Rosie ». Rosie était un nom qui lui allait parfaitement. Elle cliqua plusieurs fois en regardant son écran puis releva les yeux vers moi avec un sourire.

— Rien de nouveau, mais elle a bien dormi. La visite médicale est dans peu de temps. Vous pouvez aller la voir dans sa chambre si vous voulez. Les visites commencent dans une heure.

— Est-ce que vous savez quand je pourrai parler à sa docteure? demandai-je.

J'étais consciente du fait qu'il n'y avait rien de plus embêtant qu'un médecin qui essayait de s'immiscer dans les décisions médicales concernant un membre de sa famille. Mais je fis un réel effort et ne posai pas de questions insistantes et trop précises. Je me dis que je les garderais pour la docteure.

Rosie cliqua quelques fois de plus puis me regarda.

— Elle devrait être disponible dans quelques

minutes. Elle aura le temps de regarder le dossier de votre mère. Est-ce que vous voulez que je la bipe pour voir si elle peut descendre?

— Ce serait super, merci.

Je retournai vers la salle d'attente quand Rosie m'assura que la docteure viendrait me trouver. Emily était toujours endormie, donc je m'installai sur une chaise et attendis. Mon esprit se tourna immédiatement vers Jesse. Alors que mes pensées étaient principalement occupées de lourdes inquiétudes pour ma mère, je ne pouvais pas faire grand-chose pour elle à l'instant. La nuit dernière, mes pensées tournaient en rond sur la question de Jesse.

Je me sentais vraiment coupable de la façon dont j'avais géré les choses. Je lui avais clairement fait du mal et l'avais mis en colère. Même si j'essayais de me dire qu'il n'aurait pas dû être là la nuit dernière, le repousser ne m'avait pas fait de bien non plus. Ça m'avait même fait beaucoup de mal.

Il me manquait, et même si ma vie était compliquée, j'aurais bien aimé pouvoir me reposer un peu sur lui. Mais j'avais l'impression d'être égoïste. Comme si c'était la seule raison pour laquelle je voulais qu'il soit là. Pour pouvoir me reposer sur lui. Alors que c'était tellement plus que ça.

Cette autre voix dans ma tête, dont j'ignorais l'existence jusqu'à maintenant, avait beaucoup de choses à dire.

Mais qu'est-ce qui t'a pris? Cet homme tient clairement à toi. Sans doute beaucoup. Et tu le repousses? Pourquoi? Parce que tu n'arrives pas à accepter le fait qu'il vaut peut-être la peine d'être vulnérable.

Et cætera, et cætera. Il fallait que je résiste à l'envie d'appeler Jesse. Il n'était pas là, et je pensais vraiment que ce n'était pas le moment de l'appeler. Et je n'aurais pas su quoi dire si je l'avais appelé. J'avais besoin de parler au médecin, d'aller voir ma mère et de trouver du café, bon sang.

Quelques minutes plus tard, la docteure Clark passa la tête par la porte de la salle d'attente et me fit un petit signe. Elle entra dans la pièce pour venir vers moi mais ses yeux se posèrent sur Emily, encore endormie. Je me levai en lui indiquant le couloir.

J'avais rencontré la docteure Clark hier après-midi, et je l'aimais bien. Elle était très pragmatique, avec des cheveux noirs, des yeux marron et des lunettes carrées. Elle était précise et efficace. Elle jeta un œil à la tablette qu'elle tenait puis revint à moi.

— Voici ses constantes ce matin.

Elle me montra l'écran et attendit. Je ris quand je réalisai qu'elle me donnait l'occasion de les analyser moi-même.

— Eh bien, ça fait plaisir de constater que la fièvre est passée, dis-je. On dirait qu'elle est plus stable. Une idée de ce qui a causé tout ça?

La docteure Clark fit la liste de plusieurs options puis haussa les épaules.

— En gros, votre mère n'est plus très jeune. Je pense qu'elle était au bord de la pneumonie, mais grâce à vous, on a pu la traiter avant que ça aille jusque-là. C'était sans doute juste un rhume. De ce que je comprends, ces dernières années ont été difficiles pour votre famille. Son état émotionnel affecte sa santé, comme vous le savez déjà, j'en suis sûre.

Je m'appuyai contre le mur en hochant doucement la tête.

— Je sais. Mon père lui manque. Beaucoup. Elle a l'air heureuse d'être ici mais...

Je levai les mains, comme pour me rendre, avant de les laisser retomber.

La docteure Clark acquiesça, avec un regard compréhensif.

— Bien sûr. Eh bien, je pense qu'après un jour ou deux de plus chez nous, il n'y aura plus de traces de la fièvre. Quand ce sera le cas, je serai prête à remplir ses papiers de sortie. Je recommanderais que vous continuiez de l'emmener aux journées seniors. Elle a dit qu'elle aimait bien passer du temps avec des gens. Il n'y a pas beaucoup de médicaments qui aident un état sénile, comme vous le savez. Mais il y a certains traitements qui peuvent aider quand elle est stressée, donc je pense qu'il faut se concentrer là-dessus. J'ai parlé avec le docteur Johnson tout à l'heure, et il est d'accord avec cette recommandation.

Elle me rappela ce qu'elle avait recommandé comme anxiolytique pour les moments de stress de ma mère et me serra l'épaule.

— Votre mère va se remettre de cette fièvre. C'est un gros changement pour toute la famille quand les gens vieillissent. Le positif est que sa hanche est stable. Je crois qu'elle devra continuer à utiliser son déambulateur. Si vous arrivez à la convaincre de l'utiliser dehors aussi, ce serait super. La canne peut servir de solution de repli pour le moment.

— Oh, je suis entièrement pour, proposai-je avec un petit rire. Si vous pouviez la convaincre, ce serait génial.

La docteure Clark rit doucement.

— Bien sûr. Je lui en parlerai. Elle dort profondément pour l'instant. Vous pouvez aller la voir si vous voulez. Les heures de visite commencent officiellement dans une heure.

— Si elle dort, je vais la laisser se reposer. Un conseil sur où trouver un café et petit-déjeuner dans le coin?

Quelques minutes plus tard, j'étais de retour dans la salle d'attente avec le nom d'un café non loin. La docteure Clark m'assura qu'ils y servaient de très bonnes omelettes et un bon café. Emily s'étirait sur sa chaise quand j'entrai.

Elle se frotta les yeux avec ses poings et me sourit doucement en relevant la tête.

— Bonjour.

— Salut. Tu veux passer aux toilettes pour te rincer le visage?

Em hocha la tête, elle se leva avec son sac à dos sur l'épaule. Elle avait une brosse à dents et des vêtements de rechange. Elle entra dans les toilettes alors que je rassemblais mes affaires.

Jesse brûlait encore dans mon esprit, mais je me dis qu'il était quelque chose que je devrais gérer plus tard. Je quittai l'hôpital avec Emily pour prendre un petit-déjeuner, et un café, qui me donna l'impression de redevenir à moitié humaine.

Je savourai mon café alors qu'elle finissait son omelette, puis elle attrapa mon regard.

— Donc pourquoi Jesse n'est pas resté hier soir?

Je retins un soupir. Elle n'avait pas posé la question hier soir, et je n'étais pas d'humeur à parler de lui à ce moment-là, donc j'en avais été soulagée. Je la regardai avec ses grands yeux gris qui ressemblaient tellement à ceux de ma sœur. Malgré la tentative d'Emily de se distinguer avec des cheveux violets courts, elle ressemblait encore beaucoup à ma sœur, et je ressentis une pointe violente de deuil.

Prenant une gorgée de mon café, je réfléchis à mes mots. Elle me regardait encore, attendant une réponse, et il était évident qu'elle n'avait pas l'intention de laisser tomber le sujet. Après une grande inspiration, je dis :

— Ce n'était pas le bon moment pour qu'il soit là.

Elle prit une bouchée de son omelette, mâchant rapidement, puis pencha la tête sur le côté après une gorgée d'eau.

— Comment ça, pas le bon moment?

— Bah, grand-mère est à l'hôpital et tu étais triste hier soir. Je me suis dit qu'on n'avait pas besoin d'ajouter quelqu'un d'autre dans le mix, dis-je enfin en bafouillant un peu.

Emily posa sa fourchette et posa ses coudes sur la table.

— C'est débile. T'es toujours obligée de tout faire toute seule, hein?

Elle prit une autre bouchée de son omelette et soupira.

— Et après tu me dis que j'ai du mal à me faire des amis, marmonna-t-elle en levant les yeux au ciel.

J'allais lui dire que Jesse n'était pas un ami. Mais Emily me prit par surprise.

— En plus, je sais que c'est plus qu'un ami.

Je m'étouffai un peu avec mon café et dus attraper une serviette pour m'essuyer le menton. Elle sourit et prit une autre bouchée d'omelette pour conclure le tout.

— Je dis ça, je dis rien, ajouta-t-elle avec un air fier.

Après le petit-déjeuner, on retourna à l'hôpital. Ma mère était réveillée et on alla la voir. Pendant les deux jours qui suivirent, je quittai à peine l'hôpital, et Emily non plus, à part pour de brèves sorties à Anchorage. Jesse occupait encore un coin de ma tête.

Chapitre Vingt-Neuf

JESSE

Il s'était passé plusieurs jours depuis que j'avais quitté l'hôpital. Je n'avais pas eu de nouvelles de Charlie et n'avais pas essayé de la contacter. Je commençais à me dire que j'étais peut-être aussi têtu qu'elle, et que ça ne m'allait pas aussi bien. Après quelques minutes à jouer à la balle avec Waffle ce matin, j'étais passé par le Firehouse Café avant d'aller à la caserne. Je faisais la queue quand j'entendis Beck m'appeler de plus loin.

— Salut Jesse, dit-il en me rejoignant dans la queue.

En lui jetant un coup d'œil, je réussis à sourire un peu.

— Salut mec, ça va ?

— Ouais, ça ira mieux après un café. Je suis en train de battre le record du monde des nuits pourries.

— Ah ?

Je ne pus m'empêcher de sourire. Il n'y avait que Beck qui pouvait rendre son manque de sommeil aussi drôle.

— Ouais, mec. J'ai dit à Maisie qu'on devrait lancer une compétition. Mon record actuel est de deux heures de sommeil d'affilée. Elle a réussi à faire trois, une fois.

— Donc j'en conclus que tu n'es pas le genre de gars qui la laisse se relever à chaque fois que le bébé se réveille?

Beck secoua la tête vigoureusement.

— Ça non, mec. Ce serait pas juste. Maisie a déjà eu à gérer la grossesse et l'accouchement. Le moins que je puisse faire, c'est me lever quand elle se lève. Je suis pas un distributeur de nourriture comme elle. Je me lève pour voir si la petite a faim parce que c'est pas toujours le cas. Au début je croyais qu'on avait gagné le gros lot avec Carol, parce qu'elle faisait ses nuits, mais finalement elle et Max ont échangé leurs rôles.

Je lui fis une petite tape sur l'épaule.

— Quel homme.

On arriva devant le comptoir et le sourire radieux de Janet nous accueillit.

— Salut les garçons. Comme d'habitude pour vous deux?

Beck acquiesça vivement.

— Tout à fait. Avec un shot de plus dans le mien. J'en ai besoin.

— La même, répondis-je quand Janet me regarda.

Janet se retourna quand on eut payé, saluant quelqu'un d'autre et prenant leur commande avant d'aller préparer nos cafés. Beck se dirigea vers l'autre côté du comptoir, pour faire à nouveau la queue afin de récupérer nos cafés, et je le suivis.

— Comment va Charlie? demanda Beck.

C'était la seule question à laquelle je ne voulais pas répondre. Et je n'avais aucune idée de comment y répondre. Avant que j'aie le temps de dire quoi que ce soit, Beck pencha la tête sur le côté.

— Tu n'en sais rien, c'est ça?

— Pourquoi tu dis ça? contrai-je.

— Oh, ce regard que tu as, le regard de « oh merde, je ne sais pas quoi dire ». Je le connais bien. J'ai le même des fois. Qu'est-ce qu'il s'est passé? demanda-t-il alors que Janet s'approchait pour nous tendre nos cafés.

On s'installa à une table dans un coin.

Je pris plusieurs gorgées de mon café avant de répondre à sa question.

— Eh bah, je crois que j'ai possiblement tout gâché.

— Comment t'as réussi à faire ça?

— Sa mère est à l'hôpital à Anchorage. J'y suis allé et elle m'a dit de partir en gros.

Beck m'arrêta.

— Pourquoi c'est de ta faute?

— Je sais pas vraiment ce qu'elle en a pensé. Mais j'ai merdé parce que je me suis énervé.

Beck retroussa ses lèvres, prit une gorgée de café et hocha doucement la tête.

— Oh, dit-il enfin.

— C'est tout? Oh?

Il prit une longue gorgée et acquiesça fermement.

— Ouais. Je ne sais pas ce qu'elle en pense non plus parce que je ne la connais presque pas. Mais ce n'était sans doute pas l'idée la plus brillante de ta vie de t'énerver alors que sa mère est à l'hôpital.

— Des conseils?

— Bien sûr. Les mêmes qu'avant.

— Rafraîchis-moi la mémoire.

— Je t'ai dit d'être honnête et direct. Je veux dire, faut être honnête, sa vie est compliquée. Elle s'occupe de sa nièce et de sa mère. Elle a des trucs à gérer. Donc si elle te dit que c'est compliqué, c'est pas bidon. Mais si tu peux l'accepter et que tu veux l'accepter, il faut que tu lui fasses comprendre, clairement.

Je pris une grande inspiration et soupirai lentement en hochant la tête.

— Cette fois-ci, tu devrais écouter mon conseil, ajouta-t-il.

Je ris doucement et pris une autre gorgée de café.

— Je vais essayer.

Beck dut partir rapidement parce que Maisie l'appela à propos de quelque chose qu'il avait oublié à la maison. Je n'étais pas encore prêt à aller à la caserne mais il me restait un peu de temps, donc je restai au café. Quand Janet passa voir s'il me fallait quelque chose, je commandai un roulé au jambon et lui demandai de le réchauffer.

Alors que j'attendais qu'elle revienne, la sonnette au-dessus de la porte retentit. Je tournai la tête vers la porte par réflexe et vis Charlie arriver. Au moment où je la vis, mon cœur se serra comme un poing dans ma poitrine. C'était comme si mon cœur reconnaissait sa propriétaire. Je n'avais pas été capable de mettre des mots sur ce sentiment plus tôt, mais je savais que je ne pouvais pas rester en retrait et laisser passer ma chance avec elle. J'avais besoin d'être clair à propos de mes sentiments, exactement comme Beck me l'avait intelligemment conseillé.

Elle était en tenue de travail, avec un chemisier ajusté. Je savais que lorsqu'elle arriverait au cabinet, elle enfilerait sa blouse blanche géante qui cacherait son délicieux corps. Je ne pus retenir un large sourire. Elle était tellement formelle quand elle avait la tête au travail.

Je la regardai s'avancer vers le comptoir, prenant place au bout de la file d'attente. Ses cheveux étaient serrés en un chignon et elle portait ses lunettes violettes. Alors que je la regardais, elle les repoussa le long de son nez, me rappelant de pleine force la première fois où je l'avais embrassée.

Elle jeta un œil dans la pièce, ses yeux se posant enfin sur moi, s'écarquillant légèrement quand elle réalisa que j'étais là. J'avais une envie folle de me lever pour aller lui parler, mais je savais bien que c'était un lieu très public. Janet était peut-être occupée, mais je savais qu'elle avait des yeux partout.

Je me forçai à détourner le regard et à prendre une autre gorgée de mon café. En regardant par la fenêtre, j'observai les gens marcher dans la rue. Les journées s'allongeaient et l'air se réchauffait, ce qui signifiait que les rues étaient plus peuplées. Je me demandai s'il était possible d'établir des statistiques basées sur la température en Alaska et voir combien de touristes on y gagnait par degré.

— Janet m'a demandé de t'apporter ça, dit Charlie par-dessus mon épaule.

Je me tournai et la vis tenir une petite assiette avec mon roulé au jambon. Elle la posa sur la table à côté de mon café. Elle agrippait sa propre tasse, son pouce jouant avec le couvercle en plastique. Elle resta là en silence, et je me demandai si elle allait dire quoi que ce soit d'autre.

— Comment va ta mère? demandai-je après un long silence.

Elle acquiesça rapidement.

— Bien, elle va bien.

— Et Emily?

— Bien, mis à part le fait qu'elle doit faire des heures de travail d'intérêt général parce qu'elle s'est fait choper en train de fumer au lycée. À part ça, ça va.

Mes mots sortirent avant que j'aie le temps d'y penser.

— Elle peut faire son travail d'intérêt général à la caserne si elle veut.

Les beaux yeux gris de Charlie s'élargirent et un petit sourire s'empara de ses lèvres.

— Je n'y avais même pas pensé. Mais en même temps je n'avais jamais eu à penser à quel genre de punition convient à des lycéens chopés en train de fumer à l'école, dit-elle avec un petit rire.

— J'imagine que peu de gens y pensent. Amène-la à la station. Maisie s'occupera d'elle et elle appellera l'école pour les papiers. Elle le fait tout le temps pour les mômes qui font des heures de travail d'intérêt général.

Charlie hocha la tête et déglutit. Elle était juste assez proche pour que je voie son pouls battre dans sa gorge.

Après ça, elle parla si vite que j'eus du mal à la suivre.

— Je suis désolée de m'être énervée à l'hôpital. J'étais à bout, stressée et inquiète. Je sais que tu essayais juste d'aider.

J'absorbai ses mots et hochai la tête.

— Ouais. C'est ce que j'essayais de faire. J'essayais juste d'être présent.

Elle resta là, le son de son pouce jouant avec le bord en plastique créant un petit clic.

— Heu, je devrais aller bosser.

— Ouais, je te verrai peut-être plus tard.

Elle hésita un instant, et je sentis qu'elle voulait en dire plus. À ce moment précis, Janet arriva. Elle tenait une pile d'assiettes qu'elle avait récupérées sur toutes les tables.

— Autre chose? demanda rapidement Janet, un regard curieux passant entre nous deux.

— Non, dit Charlie rapidement. Je dois y aller.

Elle se dépêcha de partir. Mon cœur se serra à la voir partir. Mais avec ce public, je ne voulais pas la suivre. Pas tout de suite.

CHARLIE

Plus tard ce soir-là, je m'installai dans ma chaise de bureau et me détachai les cheveux. Alors que mes mèches tombaient sur mes épaules, mon esprit se tourna vers Jesse. Il avait une place de parking attitrée dans mon cerveau, apparemment. Ça m'avait fait mal de le croiser ce matin. J'avais eu envie de dire bien plus que ce que j'avais dit. Mais j'avais l'impression de m'emmêler alors que j'arrivais à peine à gérer tout ce que j'avais à gérer dans ma vie.

Une voix dans ma tête me répétait sans cesse que j'étais lâche.

En jetant mon élastique sur le bureau, je me levai et avançai vers la fenêtre pour jeter un œil dehors. C'était l'un des jours où je travaillais tard, donc il était bientôt dix-neuf heures. Le soleil commençait à descendre sur l'horizon. Les silhouettes des montagnes contrastaient avec le ciel, les vallées et les sommets assombris par le soleil couchant. Ses rayons abandonnaient des traînées de violet et d'orange derrière lui.

Plus je passais de temps en Alaska, plus je comprenais pourquoi mes parents avaient voulu revenir. Ce paysage était d'une beauté spectaculaire. On pouvait sentir le pouls de la nature ici, et réaliser à quel point l'on est petit face à des géants montagneux et des forêts sauvages.

Ma poitrine se serra et je sentis ma gorge se remplir de tristesse. Jesse me manquait, et j'avais besoin de trouver le courage d'aller lui parler.

Quelqu'un frappa à la porte et Rachel entra rapidement. En me retournant, j'appuyai mes hanches contre le cadre de la fenêtre pour poser mes mains sur le rebord.

— Tu sais, je sais toujours que c'est toi, expliquai-je alors qu'elle fermait la porte derrière elle.

Elle lâcha un sourire.

— Comment?

— Parce que tu es la seule personne qui frappe sans attendre de réponse. Ça ne me dérange pas, hein. Je trouve ça même plutôt agréable.

Rachel me rejoignit à la fenêtre et s'installa dans la même position que moi.

— J'ai pris un café au Firehouse aujourd'hui, pendant ma pause déjeuner, commença-t-elle.

— D'accord. Je ne suis pas sûre de pourquoi tu me le dis, répondis-je, en me disant que ça n'avait rien d'extraordinaire.

En lui jetant un coup d'œil, je remarquai l'éclat dans ses yeux.

— Quoi?

— Oh, rien. Janet a simplement dit qu'elle t'a vue parler à Jesse ce matin. Elle a dit qu'il avait l'air d'avoir le cœur brisé quand tu es partie.

J'avais envie de pleurer, ma poitrine et ma gorge étaient nouées. Je ne savais pas si je lui avais brisé le cœur, mais j'avais vraiment l'impression d'avoir brisé le mien. Ou du moins, il était fendu. Et ça faisait mal.

Aussi mal qu'une coupure au niveau d'une articulation qui se rouvrirait à chaque fois que vous bougez. La douleur restait et s'accrochait, me poignardant à nouveau à chaque nouveau jour qui passait.

La lueur dans ses yeux s'éteignit, se transformant en inquiétude.

— Je rigolais. Ça va?

Je ressentis soudainement le besoin de m'asseoir, je m'éloignai de la fenêtre et m'enfonçai dans ma chaise de bureau, remontant mes genoux contre ma poitrine. Pendant un instant, j'avais l'impression d'être Emily. Puis je compris que j'étais comme elle, ou plutôt, elle était comme moi. Je remontai mes genoux comme je l'avais fait toute mon enfance. Ma sœur Karen n'avait jamais fait ça. Elle m'embêtait souvent en me disant que j'étais une espèce de cloporte qu'on retrouve tout en boule.

D'une certaine façon, j'étais heureuse qu'Emily ait hérité de cette petite habitude.

Rachel s'assit non loin de moi, en diagonale.

— OK, explique. Tu n'es pas dans ton assiette depuis des jours, mais je mettais ça sur le compte de ta mère. Qu'est-ce qu'il se passe?

Je lui expliquai tout : que j'avais presque chassé Jesse de l'hôpital, qu'il s'était énervé et que je ne savais plus quoi faire.

Rachel resta silencieuse et quand j'eus terminé, elle soupira, longtemps. En la regardant, je ne pus m'empêcher de lever les yeux au ciel.

— On dirait Em. Je te jure, elle pourrait gagner des médailles avec ses soupirs.

— Hé, au moins je ne me comporte pas comme une ado mélodramatique. Je dois faire tout, toute seule! lança-t-elle en posant ses mains sur son torse comme si elle se noyait.

— Tu trouves que je parle comme ça? demandai-je, complètement surprise.

Le regard de Rachel devint sérieux.

— Pas complètement. Je crois juste que tu as beaucoup de choses à gérer, et que tu laisses tout ça te bloquer. Jesse a été très clair sur le fait qu'il n'a aucun problème avec ce que tu appelles des complications. Arrête de le repousser. Tu n'en as clairement pas envie. Au bout d'un moment, tout le monde a une vie compliquée. Avec quelques changements, ma vie pourrait être aussi bordélique que la tienne. Il s'est passé beaucoup de choses en très peu de temps pour toi, c'est tout. La vie est compliquée parfois. Et honnêtement, tu devrais te sentir chanceuse d'avoir trouvé Jesse au milieu de tout ça.

— Qu'est-ce qui te fait dire ça?

— Parce que parfois on ne sait pas si on peut compter sur quelqu'un avant que ce soit la merde. Lui, il arrive dans ta vie en toute connaissance de cause. J'ai vu des couples qui avaient l'air solide jusqu'à ce que quelque chose se passe mal et qu'ils se désintègrent. Ce n'est pas ce qu'il se passe là. Si tu veux mon avis, tu devrais aller lui parler ce soir. D'ailleurs, avant de trouver une excuse comme « je dois vérifier qu'Emily ou ma mère vont bien », je vais leur amener des pizzas. On va faire une soirée jeux. Je gère. Et elles adorent la pizza, non?

Rachel était venue dîner une ou deux fois, donc elle savait que ma mère et Emily aimaient jouer aux cartes. Je commençai à rire et pleurer en même temps.

— D'accord, je vais appeler Emily. Je vais lui dire que tu les rejoins.

— Oh non, dit Rachel alors que je sortais mon téléphone de ma poche.

Elle me l'arracha même des mains.

— Je ne pense pas. Parce que si elle dit quoi que ce soit qui te fait penser que tu devrais rentrer, tu n'iras pas parler à Jesse.

— Hé, rends-moi ça! protestai-je en essayant de récupérer mon téléphone.

Rachel le tint au-dessus de sa tête en riant alors que je lui lançais un regard noir.

— Mot de passe s'il te plaît, lança-t-elle.

Je laissai tomber et répondis :

— Un, deux, trois, quatre.

Rachel me regarda comme si j'étais folle.

— Je n'arrive pas à retenir quoi que ce soit d'autre. C'est pas comme si j'avais quoi que ce soit à cacher de toute façon.

— Oh mon dieu, tu ne lui envoies même pas de SMS cochons. Il faut vraiment que tu commences à vivre ta vie.

———

Quand j'arrivai dans l'allée de Jesse, mon cœur battait la chamade. Mes paumes étaient moites et mon ventre se tournait dans tous les sens.

J'étais tellement stressée.

La seule fois où j'étais venue chez lui, nous avions marché jusqu'à la maison en pleine nuit. C'était complètement différent d'arriver de face et pas dans la pénombre. Il avait une allée circulaire qui arrivait devant la maison, et je fus à la fois soulagée et terrifiée en voyant sa voiture garée devant.

Tu peux le faire, Charlie. Il faut simplement lui dire que tu as fait de la merde et lui dire... Lui dire quoi? Que tu l'aimes. Ce n'est pas grave si ce n'est pas le bon moment.

Les émotions se rassemblèrent dans ma gorge. En prenant plusieurs grandes inspirations, j'arrêtai la voiture et coupai le moteur. Après un instant, le silence m'engloba. Le moment me paraissait lourd, ne serait-ce qu'à cause de ce qui se passait dans ma tête. Je sortis de la voiture et entendis les aboiements de Waffle. Je ne pus m'empêcher de sourire. Si je ne la connaissais pas, je me dirais qu'elle devait faire peur.

Je pris une autre inspiration, en espérant que j'arriverais à éviter la crise d'angoisse avant d'arriver à la porte. J'observai la façade de sa maison. Elle me paraissait différente de la dernière fois, mais je ne l'avais vue que de nuit. Mes joues rougirent à la simple pensée de cette soirée-là.

De devant, la maison se fondait dans le paysage, installée parmi les arbres, avec un revêtement en bois sombre. Il y avait un porche incurvé devant et des fleurs sauvages s'étalaient sur la pelouse. Après une autre grosse inspiration, je suivis le chemin de pierres jusqu'à la porte. Je frappai et attendis, le cœur dans la gorge, qui battait si fort que je pouvais l'entendre même avec les aboiements de Waffle.

J'attendis encore et commençai à me demander si Jesse était là. Il ne répondait pas, je ne savais pas quoi faire. J'avais envie de simplement rentrer chez moi, à pied. Je ne réfléchis même pas. J'oubliai que j'étais venue en voiture.

Je fis le tour de la maison et me dirigeai vers le chemin visible entre les arbres. Le chemin semblait différent au coucher de soleil, sans la lueur argentée de la lune entre les branches. Tout me paraissait naturel, les feuilles étaient encore mouillées de neige fondue. Les branches craquaient sous mes pieds alors que j'avançais. Les oiseaux chantaient et deux écureuils s'enfuirent à mon arrivée, s'en plaignant sans vergogne.

Je m'arrêtai pour prendre une grande respiration, en essayant de me calmer. L'air était frais et sentait l'épicéa. Tout semblant si vivant, comme si l'air bourgeonnait d'un sentiment rapide, de quelque chose qui grandit.

J'entendis des pas derrière moi. Je me retournai et vis Jesse. Mon cœur s'enfonça dans ma gorge et des larmes chaudes se rassemblèrent dans mes yeux. J'étais dans tous mes états.

— Salut, appela-t-il.

Je savourai le fait de le voir. Il portait un jean délavé qui pendait sur ses jambes musclées, et de vieilles bottes en cuir. Son t-shirt bleu ne cachait rien de son torse carré. Mes yeux s'arrêtèrent sur le pli de son biceps quand il passa sa main dans ses cheveux ambre.

Le soleil couchant traversait les branches, éclairant le sol et brillant dans ses cheveux. Tous les sons qui nous entouraient, les oiseaux, les écureuils, tout s'arrêta quand il arriva devant moi.

— Je t'ai entendue frapper mais j'étais juste en train de lancer une machine et je ne suis pas arrivé à temps pour t'ouvrir.

— Ah.

Super. Le retour des phrases à un mot. Il y avait tant de choses que j'avais envie de dire. Mais elles tanguaient dans mon cœur avec le flux d'émotions qui me secouait.

Jesse se contenta de me regarder. Après un moment, ses épaules se levèrent et retombèrent avec une inspiration.

— Écoute, je n'aurais pas dû m'énerver l'autre soir à l'hôpital. J'avais juste besoin de dire ça.

Sa voix était grave et sombre, et ses yeux pleins de douleur.

Je secouai rapidement la tête.

— Tu n'as pas besoin de t'excuser. C'est à moi de le faire. Je... je...

Les mots étaient coincés dans ma gorge encore une fois et j'avais envie de me mettre des claques.

— J'ai du mal à le dire. Je n'aime pas avoir besoin de qui que ce soit. Je n'ai pas besoin de toi parce que tu m'aides et parce que tu es gentil et parce que tu tolères ma vie compliquée. J'ai besoin de toi parce que je t'aime et que tout paraît plus simple quand tu es là. Je ne sais pas trop quoi faire de ça et ma vie est compliquée et je ne veux pas te l'imposer. Je ne veux pas gâcher ta vie et je ne veux pas que tu regrettes ça plus tard...

Tout sortit comme une longue phrase avec très peu de pauses. Mes mots s'arrêtèrent alors que je prenais une bouffée d'air.

Le regard de Jesse s'adoucit, alors qu'il laissait tomber son regard méfiant. Il n'y avait que quelques mètres qui nous séparaient. Il se rapprocha en une enjambée, s'arrêtant à quelques centimètres pour prendre sa main dans la mienne. J'avais secoué cette main de façon si ridicule pendant mon petit discours que c'était sans doute mieux qu'il la prenne. J'avais besoin de m'accrocher à quelque chose.

— Tu n'as pas besoin de t'excuser non plus. Je crois que je suis tombé amoureux de toi dès le début. Je ne le savais pas, c'est tout. Parce que je ne cherchais pas l'amour, tu sais. Je pensais juste que tu étais ultra canon.

Sa bouche se courba dans un coin et mon ventre se remplit de papillons alors qu'un frisson me parcourait. Mon cœur se serra et explosa, une espèce de danse de la victoire avait lieu dans ma poitrine.

Jesse continua alors que son regard vert tenait le mien.

— Ce que tu viens de dire, c'est exactement pareil pour moi. C'est facile quand je suis avec toi. Quand je me fiche du reste, c'est facile. Tu ne fais que de dire que ta vie est compliquée, et je ne vais pas te contredire là-dessus. Mais ça n'a pas d'importance pour moi. Je sais qu'il se passe plein de choses avec Emily et ta mère, mais c'est des choses que je peux gérer. Je déteste te regarder essayer de tout faire toute seule.

Je n'avais pas réalisé que je pleurais jusqu'à ce qu'il lâche l'une de mes mains pour essuyer mes larmes avec son pouce. Puis il m'embrassa et je me blottis contre lui, fondant dans son corps. Même si j'avais l'impression d'être complètement folle à l'intérieur, sauvage, comme si j'étais prise dans un tourbillon sans fin, nous étions pris tous les deux.

J'avais oublié où nous étions jusqu'à ce que Waffle débarque entre les branches et que je la sente se frotter contre mes jambes avant de nous tourner autour.

Jesse se recula juste assez pour parler, ses lèvres bougeant contre les miennes.

— On est dans les bois.

Je ris doucement, ma peau brûlant d'émotions.

— Je sais. On peut retourner chez toi? demandai-je alors que j'étais plus que consciente que son excitation pressait chaudement contre mon bas-ventre, et de mon propre désir qui me venait par vagues.

— Tu n'as pas besoin de rentrer tout de suite?

— Rachel est à la maison. On a parlé aujourd'hui et elle m'a dit que j'étais bête. Donc elle a pris mon téléphone et est allée chercher ma mère, dis-je avec un rire, sentant mes joues rougir avec ma réponse.

Jesse jeta sa tête en arrière avec un rire et se tourna, gardant ma main dans la sienne.

— Je lui dirai merci plus tard alors.

— Oh, elle dit que je passe à côté de quelque chose parce que je ne t'envoie pas de SMS sexy.

Un éclat coquin apparut dans les yeux de Jesse, et on courut presque jusqu'à chez lui.

On passa la porte-fenêtre du porche arrière. Waffle était encore dans le jardin à renifler la bordure des arbres. Je m'arrêtai pour la regarder.

— Faut la faire rentrer?

— Oh, non, non, surtout pas. Elle va s'amuser pendant des heures, murmura-t-il en tirant sur mes vêtements.

Chapitre Trente-Et-Un

JESSE

Charlie se tenait devant moi. Son chemisier était ouvert, ou je le lui avais arraché pour être exact. Ses tétons étaient roses et humides après mon passage. Elle était assise devant moi sur le comptoir de la cuisine avec rien de plus qu'un bout de soie qui se voulait culotte et son chemisier tombant sur ses épaules. Elle respirait vite. Elle avait arraché ma braguette. Ma queue pulsait alors qu'elle l'enroulait de sa paume et poussait mon caleçon sur mes hanches.

Je lâchai un grognement alors qu'elle passait son pouce sur mon gland pour attraper une goutte de liquide pré-séminal. En levant les yeux vers moi, elle prit son pouce dans sa bouche. Mes genoux lâchèrent presque quand elle lécha son pouce sans jamais me quitter du regard, un éclair d'argenté traversant la tempête de ses yeux gris. Ses cheveux noirs tombaient sur ses épaules en cascade. Je m'étais rapidement débarrassé de son chignon serré habituel et j'avais posé ses lunettes sur le comptoir. Même si je la trouvais extrêmement sexy avec ses lunettes, je ne voulais pas les casser.

En penchant la tête, je l'embrassai dans le cou car le goût de sa peau me manquait déjà. Après un soupir brut, je levai la tête.

— J'ai besoin de toi, murmurai-je.

Accrochant mon doigt au bord de sa culotte, je l'arrachai de ses hanches. Elle m'aida en se soulevant du comptoir pour que je puisse la faire glisser le long de ses jambes, puis elle s'en sépara en secouant le pied et la culotte tomba au sol sans un bruit.

Je la rapprochai du bord du comptoir, pris ma queue pour la caresser contre ses plis, d'avant en arrière. Sans jamais la quitter des yeux, je levai ma main libre.

— Je t'aime.

Ses yeux brillèrent et elle déglutit avec un petit gémissement alors que je passais mon gland dans ses plis encore une fois. Avec un soupir, elle me caressa la joue.

— Je t'aime, Jesse... murmura-t-elle.

On s'immobilisa quelques secondes, l'air était lourd de désir et d'intimité. Quand je plongeai en elle, j'eus l'impression de retrouver ma place. Sa profondeur chaude m'accueillit, me pompant alors que je plongeais jusqu'à la garde, chez moi.

Mon front tomba contre le sien. Je passai ma main libre dans ses cheveux puis le long de son dos pour attraper ses hanches. On se balança l'un dans l'autre, chaque coup de hanche m'amenant de plus en plus loin alors qu'elle se cambrait contre moi.

J'étais déjà proche de l'orgasme, l'intensité de mon explosion proche se révélant. Je passai la main entre nous, pressant mon pouce sur son clitoris, encerclant son bouton de besoin gonflé, regardant son regard s'assombrir et sa tête tomber en arrière avec un cri. Son corps trembla alors qu'elle se refermait sur ma queue.

C'était tout ce dont j'avais besoin pour exploser en elle, alors qu'une vague de plaisir me traversait. Le sentiment de son corps sur le mien était mon phare pendant la tempête. Je la tins fort alors que les vagues de plaisir continuaient. Elle s'accrocha à moi, sa tête contre mon épaule.

Mon souffle était rauque et brut quand elle prit la parole. L'une de ses mains caressait mon dos, le bout de ses doigts jouant avec les cheveux à la base de mon cou et me foudroyant de plaisir.

— Tu m'as manqué, dit-elle doucement. Je ne pensais pas que c'était possible en si peu de temps.

En me reculant, je l'admirai : ses joues rouges, ses lèvres gonflées et ses cheveux ébouriffés.

— Je sais. Tu m'as manqué aussi.

Un peu plus tard, après qu'on se fut rhabillés et que j'eus fait rentrer Waffle pour la nourrir, je regardai Charlie.

— Tu dois rentrer bientôt?

— Oui. Je ne peux pas appeler Rachel pour voir comment ça va parce qu'elle a pris mon téléphone, dit-elle avec un sourire embêté.

— Je te raccompagne. Ça te va?

— Tu peux rester?

Sa question me prit au dépourvu, et ça dut se voir sur mon visage. Ses joues rougirent, et elle haussa les épaules.

— Em m'a déjà parlé de nous deux. Je crois qu'elle n'aura pas de problème avec ta présence, et maman serait très contente de te voir.

Cette nuit-là, j'eus le droit de dormir avec Charlie. Je me réveillai dans l'obscurité alors que sa chaleur était à mes côtés.

ÉPILOGUE
Charlie

Plus d'un an plus tard

Le vent soufflait sur le parking de la caserne de Willow Brook. C'était une journée pluvieuse et j'étais soulagée de savoir que l'équipe de Jesse rentrait aujourd'hui. J'avais eu peur que la météo les retarde d'un jour de plus.

Je savais qu'il adorait ce boulot. Et puisque ça faisait partie de qui il était, je l'adorais aussi. Mais ça ne changeait rien au fait qu'il me manquait énormément. Il était parti depuis trois semaines. La saison des feux était folle cette année. Son équipe avait été envoyée s'occuper d'un énorme incendie dans l'Alaska centrale. Le feu avançait vers Fairbanks et mettait de nombreuses petites communautés en danger en même temps.

Dès qu'il partait en campagne, il m'écrivait et m'appelait quand il pouvait mais c'était une fois par semaine, au mieux. La plupart du temps, il n'avait pas de réseau du tout.

Je traversai rapidement la porte arrière et la caserne en retirant ma capuche. Je secouai mon manteau pour me débarrasser d'un peu de pluie et traversai le couloir vers l'accueil. En poussant la porte, je souris quand je vis Emily derrière le comptoir, penchée près de Maisie. Maisie semblait être en train de lui expliquer quelque chose sur un dossier.

L'année dernière, qui paraissait très lointaine maintenant, Em avait fait ses heures de travail d'intérêt général à la caserne, comme l'avait suggéré Jesse, en punition pour avoir fumé à l'école. Elle avait fait du si bon boulot que le chef de la police, Rex Masters, lui avait proposé un boulot à mi-temps.

Son boulot était surtout de faire ce que les autres n'avaient pas le temps de faire. Ça allait d'un peu d'administratif et de rangement, à aider Maisie avec les appels et à nettoyer la caserne et organiser l'équipement. Son nouveau rêve était de devenir pompière forestière. Je n'étais pas certaine d'être d'accord avec l'idée, simplement parce que c'était un boulot dangereux.

Étant donné qu'elle était aussi un peu la petite sœur non officielle de tous les gars de la caserne et qu'elle les admirait beaucoup, j'étais bien consciente du genre de carrière dans laquelle elle allait sans doute s'engager. Nous avions encore des journées difficiles, mais son boulot était l'une des meilleures parties de sa vie. Je voulais la soutenir dans ce qu'elle voulait faire et rangeais mes inquiétudes dans un coin.

Maisie me vit la première.

— Salut Charlie, je me demandais si tu avais eu mon message.

Em leva la tête en me faisant un petit coucou avant de se diriger vers l'armoire derrière Maisie.

— Oui, oui je l'ai eu. J'étais tellement occupée que

je n'ai pas pris le temps d'appeler. Je me suis dit que je pouvais juste venir puisque tu as dit qu'ils allaient rentrer bientôt. Des nouvelles?

Maisie secoua la tête, ce qui fit bouger ses bouclettes. Em se retourna en fermant l'armoire.

— Pas de nouvelles, tata Charlie. Mais ne t'inquiète pas, Jesse rentrera bientôt, dit-elle avec un sourire amusé.

Elle s'était moquée de moi hier soir en me disant que je boudais trop depuis qu'il était parti. En un an, depuis que Jesse et moi avions enfin réussi à admettre à quel point nous tenions l'un à l'autre, il s'était passé beaucoup de choses. Ma mère allait bien, et nous avions emménagé chez Jesse quand notre contrat de location s'était terminé.

Ma mère avait semblé se stabiliser dans son état. Elle oubliait encore beaucoup de choses mais ça ne semblait pas s'empirer. Malgré toutes mes inquiétudes sur ce que ça impliquait de faire entrer un homme dans ma vie de manière sérieuse, Jesse avait été un élément stable.

Maisie, qui était devenue une bonne amie à moi cette année passée, m'avait une fois dit que je n'étais peut-être plus aussi inquiète pour tout parce que je ne le faisais plus toute seule. Nous avions aussi eu le temps de nous habituer à Willow Brook. J'avais l'impression de m'éloigner des années difficiles que nous avions vécues à Boston. Emily était toujours l'adolescente typique et pouvait être d'une humeur détestable, surtout avec moi. Mais ça allait.

Emily leva les yeux au ciel quand je me contentai de hausser les épaules à son commentaire.

— Je dois aller aider Rex avec un peu de rangement administratif. Georgie va me déposer à la maison après, d'accord?

Elle parlait de la femme de Rex qui déposait souvent Emily à la maison parce que ça rentrait bien dans son emploi du temps. Ils vivaient un peu plus loin dans notre rue, donc ça ne lui faisait pas un grand détour. Quand je devais travailler tard, c'était un sacré service. Je n'avais pas besoin de travailler tard ce soir, mais je n'allais en aucun cas cracher sur du temps libre avec Jesse. Après trois semaines, il me manquait tellement.

— Bien sûr. Je te verrai à la maison, dis-je alors qu'elle se retournait pour passer la porte qui menait vers la station de police, dans le même bâtiment.

En m'appuyant contre le comptoir, je regardai Maisie.

— Je parie que tu dois être contente de savoir que Beck rentre.

— Oh bon sang, tu n'as pas idée. Je sais qu'il adore son boulot, mais il me manque quand il n'est pas là. Je ne me rends compte d'à quel point il m'aide avec les enfants que quand il part.

— Après, c'est pas comme si tu avais déjà dit qu'il n'aidait pas assez! lançai-je.

Maisie sourit, amusée.

— Je sais, mais tu sais comment c'est.

L'équipe de Beck avait été appelée pour le même feu que celle de Jesse, et ils étaient tous censés rentrer aujourd'hui.

— En parlant d'enfant, Lucy a l'air plutôt pressée, ajoutai-je.

Le sourire de Maisie s'élargit encore.

— Je sais. Elle était tellement hésitante sur le fait d'avoir des enfants. Maintenant qu'elle est enceinte, elle est trop pressée. Et toi alors?

J'espérais que mes joues n'étaient pas trop rouges parce que je gardais un secret. Un secret que j'étais très pressée de partager avec Jesse. Tant qu'il ne serait pas au courant, je ne voulais pas le dire à qui que ce soit d'autre. C'était difficile de ne rien dire à Maisie, parce que c'était une bonne amie. Je ne répondis pas trop sérieusement et haussai les épaules.

— Je sais pas. Moi je me suis jetée dans l'éducation d'une enfant avec Em.

— Em est géniale, dit Maisie avec douceur.

— Je sais.

On entendit le son distinct d'un hélicoptère au loin. Maisie cliqua sur quelques boutons et appela la caserne d'Anchorage pour leur demander de s'occuper des appels pendant quelques minutes. On se dépêcha d'aller à l'arrière de la station où l'hélicoptère allait atterrir, au fond du parking.

Comme il pleuvait et que le vent était un peu violent, l'hélicoptère se posa doucement, tanguant un peu avant de toucher le sol. Je restai en arrière avec Maisie en attendant que les membres d'équipage sortent.

Jesse sortit en dernier, juste après Beck. Ella arriva alors que Caleb descendait avec eux. Elle nous salua à travers la pluie. Mais aucune de nous n'avait la tête à faire la conversation pour l'instant.

Mes yeux étaient plantés sur Jesse comme un rayon laser. Il avança sur le béton, jetant son sac sur son épaule. Il essaya d'écarter la pluie comme s'il pouvait l'arrêter. Sa bouche se courba dans un coin alors qu'il s'approchait et il courut le reste de la route pour me rejoindre, me soulevant d'un bras.

Alors qu'il pleuvait, je plongeai mon visage dans son cou et j'inspirai fort. Il sentait la fumée, la nature et la pluie. Je me penchai en arrière, toujours dans son emprise, et coiffai ses cheveux mouillés.

— Tu m'as manqué, murmura-t-il alors qu'il attrapait mes lèvres dans un baiser.

En un éclair, sa langue était collée à la mienne et notre baiser s'enflamma avant que je me recule en riant.

— Tu sais qu'on est sous la pluie et devant tout le monde?

Il gloussa.

— Je m'en fiche.

— Allons-y, dis-je en me tortillant pour me libérer.

On marcha directement vers sa voiture, que j'avais utilisée pour venir le chercher. Même s'il était fatigué après ces trois semaines dans la nature à faire l'un des boulots les plus difficiles au monde, il ouvrit quand même ma portière. Ça me faisait chaud au cœur à chaque fois.

— Emily est là? demanda-t-il.

— Oui, mais Georgie la ramène.

— Je reviens. Je veux juste dire bonjour.

Il ferma la porte, coupant le son de la pluie. Je ne pouvais même pas décrire ce que ça me faisait de le voir intégrer Emily à sa vie. Il la traitait comme sa propre fille. Et étant donné qu'elle n'avait jamais vraiment eu de père, c'était quelque chose de vraiment précieux pour elle.

JESSE

Plus tard ce soir-là, Charlie hurla, serrée autour de ma queue alors que j'explosais en elle. C'était bon de l'avoir contre moi, son corps chaud et doux et sa peau humide. En reprenant mon souffle, je passai une main le long de son dos et jouai avec le bout de ses cheveux.

Une fois de plus, elle m'avait offert le meilleur accueil après une mission en campagne. Je commençais à comprendre que la meilleure partie de ces missions était le retour à la maison, parce que je retrouvais Charlie, Emily, Olive et Waffle. Aujourd'hui avait été encore plus beau parce que j'avais appris que Charlie était enceinte. Nous avions décidé d'improviser quelques mois plus tôt. Elle s'était fait retirer son stérilet et m'avait dit de ne pas me faire trop d'espoir parce qu'elle avait trente-deux ans et n'était plus « toute jeune ». J'avais longtemps réfléchi à l'idée d'un bébé. Notre bébé serait sans doute un sacré dur à cuire, étant donné que Charlie était tout aussi têtue que moi, voire plus. J'étais très pressé.

Ma maison ne ressemblait plus du tout à ce qu'elle avait été il y a un an, mais je ne regrettais rien. La vie était compliquée et parfois même un labyrinthe, mais j'avais Charlie et c'était tout ce qui comptait. Ce qui était drôle à voir alors que nos vies s'entremêlaient comme des plantes grimpantes, c'était que les choses qu'elle appelait « complications » ne faisaient que nous rendre plus forts. Je pensais que Charlie était tout ce que je voulais. Mais maintenant, je considérais pleinement Emily comme ma fille, et Olive, avec son caractère doux, ses petits oublis et ses commentaires piquants, était un vrai cadeau.

Ma mère venait souvent et nous aidait avec Olive quand on en avait besoin. Olive allait toujours aux journées de groupe donc elle avait sa propre vie en dehors de la maison. Quand j'avais fini par m'avouer ce que je ressentais pour Charlie, je pensais que ce serait plus simple que ça. Je n'avais pas réalisé qu'en tombant amoureux d'elle, j'allais tomber amoureux de toute sa famille.

Je la sentis lever la tête, fermant sa main en un poing et posant son menton dessus. En ouvrant les yeux, je trouvai son regard gris fumant et mon cœur se serra. Elle était maîtresse de mon cœur depuis le début.

— Je suis contente que tu sois rentré, dit-elle doucement.

— Pareil. Tu m'as complètement crevé par contre, dis-je avec un petit rire. J'étais tellement fatigué dans l'hélico aujourd'hui que je m'étais dit que j'aurais même pas l'énergie de faire ça.

— Bah, ça fait trois semaines. Tu as du boulot pour rattraper le temps perdu, répondit-elle avec un sourire coquin.

Je m'installai lentement sur les coussins. Elle suivit mon mouvement et s'installa sur moi alors que je posais la tête contre la tête de lit. J'avais beaucoup réfléchi pendant que j'étais en mission. Alors que mon cœur battait fort et que l'émotion me serrait la poitrine, mes yeux se posèrent sur sa mèche de cheveux violets. Mon cœur vit ça comme un signe. C'était quelque chose qu'elle et Emily faisaient ensemble tous les mois. Emily avait ajouté deux mèches de plus la fois dernière.

— Bon, j'ai réfléchi, dis-je.

Elle bougea ses hanches, son canal se serrant sur moi et me remplissant de désir à nouveau. C'était un vrai miracle compte tenu des circonstances.

— À quoi? demanda-t-elle d'une voix rauque.

Je voulais que ce soit plus romantique que ça, mais je me disais que c'était romantique d'être aussi intime que possible physiquement.

— Je veux t'épouser.

Mes mots tombèrent dans le silence de la pièce. Son inspiration était audible. Je sentis une pointe de stress en me demandant si j'étais allé trop loin, trop vite.

Mais c'est là que je vis les larmes couler sur ses joues alors qu'elle acquiesçait rapidement.

— Oui, oui, oui.

Elle s'arrêta.

— Attends, c'était une question?

À mon hochement de tête, elle couvrit mon visage de baisers puis se redressa en penchant la tête.

— Emily va être tellement heureuse.

— Vraiment?

Elle acquiesça.

— Elle s'inquiète tu sais. Son père n'a jamais été présent, donc de temps en temps elle me pose des questions sur nous. Rien d'énorme, juste des petites questions.

— Eh bah, ça m'amène à la suite.

Je m'arrêtai pour prendre une inspiration.

— Je veux que tu saches que je ferai ce que tu penses qui est le mieux.

Charlie hocha doucement la tête.

— D'accord, de quoi tu parles?

— Emily est comme une fille pour moi. Je sais que sa mère a organisé son adoption pour que ce soit fait et que son père ne puisse pas venir faire valoir ses droits soudainement. Donc, si Emily en avait envie, je pourrais officialiser et l'adopter aussi. Je ne veux pas qu'elle pense que...

Je n'eus pas le temps de finir parce que Charlie avait recommencé à pleurer.

— C'est une bonne ou une mauvaise chose? demandai-je après un instant, sans savoir comment interpréter sa réaction.

Charlie se redressa en essuyant ses larmes.

— C'est bien. Tu es le seul père qu'elle ait jamais eu. À part pour son grand-père. Je crois que tu devrais lui en parler sans moi. Je ne veux pas qu'elle me regarde en se disant qu'elle devrait le faire pour moi. Je veux que ce soit elle qui décide.

— Ça me fait ultra peur, dis-je platement.

Charlie explosa de rire avant de se pencher en avant pour m'embrasser.

— Si tu peux me gérer moi, tu peux la gérer elle.

Je m'endormis en tenant Charlie sur moi. Le lendemain matin, j'emmenai Emily prendre un café et elle pleura aussi. Mais tout était positif.

C'était compliqué, une famille. La vie aussi était compliquée. Plus tard ce soir-là, je regardai Charlie de l'autre côté de la table, et ses yeux gris violet trouvèrent les miens. C'était comme lui tendre mon cœur.

À suivre : *Jouer Avec le Feu*, l'histoire de Jasmine et Donovan. Ils se rencontrent... après que Jasmine ne déclenche une bagarre dans un bar. Donovan redéfinit ce que c'est que d'être un grand brun ténébreux, et se trouve attiré par la boule de feu qu'est Jasmine comme il n'aurait jamais pu l'imaginer. Ne manquez pas l'histoire de Donovan !

À PROPOS DE L'AUTEUR

J.H. Croix est une auteur sur la liste des meilleures ventes USA Today, elle vit dans le Maine avec son mari et leurs deux chiens gâtés. Croix écrit des romances contemporaines à couper le souffle avec des femmes fortes et des hommes alphas qui n'ont pas peur de montrer leurs émotions. Son amour des petites villes et des personnages qui y vivent habite sa prose. Baladez-vous dans les folles romances de ses bestsellers!

jhcroixauthor.com
jhcroix@jhcroix.com

www.ingramcontent.com/pod-product-compliance
Lightning Source LLC
Chambersburg PA
CBHW072029220726

48293CB00016B/605